Sommer Storys
-Eine Anthologie-

Sommer Storys

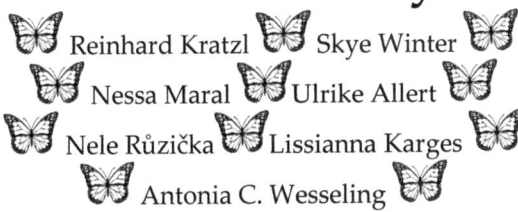

Reinhard Kratzl   Skye Winter
Nessa Maral   Ulrike Allert
Nele Růzička   Lissianna Karges
Antonia C. Wesseling

Eine Anthologie

Der Sommer ist da.
Egal ob Hitze, Wellenrauschen und Sonnenbrand oder eisgekühlte Getränke und frisches Obst auf einem schattig gelegenen Gartenstuhl - in dieser Anthologie ist für jeden Sommertyp etwas dabei. Unsere sieben Autoren haben sich Gedanken gemacht und erfrischende Geschichten gezaubert, die den Ferienalltag abkühlen und dabei helfen, die sonnigen Tage so richtig zu genießen.
Wir freuen uns sehr, dass ihr dabei seid, und wünschen euch wundervolle Ferien!
Die Spenden dieser Anthologie gehen an:

Herzenswünsche e.V.
Verein für schwer erkrankte Kinder & Jugendliche

IBAN: DE45 400 501 05 370 080

Impressum

Bibliografische Information der Nationalbibliothek: Die Deutsche Nationalbibliothek verzeichnet diese Publikation in der Deutschen Nationalbibliothek; detaillierte bibliografische Daten sind im Internet unter http:77dnp.dnb.de abrufbar.
Alle Geschichten sind frei erfunden. Ähnlichkeiten zu real existierenden Personen sind zufällig. Zur geografischen Vorstellung werden eventuell Städtenamen erwähnt.

Dies ist eine Zusammenarbeit diverser Autoren.
Reinhard Kratzl, Skye Winter, Nessa Maral, Ulrike Allert, Nele Růzička, Lissianna Karges, Antonia C. Wesseling
Das Copyright liegt bei den oben genannten Autoren.
Coverdesign: Lissianna Books & Design
Bildmaterial:
http://de.123rf.com/profile_pixelliebe-pixelliebe/123RF
Lizenzfreie Bilder
Herstellung und Verlag: BoD- Books on Demand, Norderstedt

ISBN: 9783741285059

Inhaltsverzeichnis

Vorwort

Reinhard Kratzl	Sommertraum	9
Skye Winter	Die Künstlerin und der Spielzeugmacher	21
Nessa Maral	Camping-Lust	35
Ulrike Allert	Elena und Ian Ein Sommertag	45
Antonia C. Wesseling	Das Sommercamp	57
Nessa Maral	Sommerdate	71
Lissianna Karges	Sommerliebe	77
Nele Růzička	Die Tradition	91
Ulrike Allert	Annie und Ben Sommerzeit	97

Nachwort

Reinhard Kratzl
Sommertraum

Nina, eine hübsche Frau in den Dreißigern, hatte heute ihren freien Tag. Sie genoss es, einmal nicht arbeiten zu müssen. Das Wetter war herrlich, die Sonne strahlte und es war keine einzige Wolke am Himmel zu sehen. Sie beschloss, heute einfach nur zu faulenzen und sich auf ihrer kleinen Dachterrasse zu bräunen. Ihre langen blonden Haare wehten im sanften Sommerwind und ihre Haut glänzte. Ohne Sonnencreme ging gar nichts, schließlich wollte sie sich keinen Sonnenbrand einfangen und als knuspriges Hühnchen enden.

Sie schmiegte sich in den bequemen Liegestuhl, setzte ihre dunkle Sonnenbrille auf und überlegte. Etwas fehlte noch, doch was? Es dauerte nicht lange und Nina wusste, was es war: Ein köstliches Eis. Sie stand noch einmal auf, ging in ihre Küche, öffnete den Kühlschrank und holte eine Box mit Vanille-Eis aus dem Gefrierfach. Anschließend nahm sie sich eine große weiße Keramikschale und füllte diese mit dem Eis. Während sie die Box zurücklegte, schweifte ihr Blick über den Inhalt des Kühlschranks und sie sah, dass sie noch einige Kirschen hatte. Sofort griff

Nina danach, wusch sie unter kaltem Wasser und entfernte gekonnt die Stiele. Kurz danach landeten die Früchte in ihrer Schale. Noch ein Griff in die Bestecklade und der passende Löffel war gefunden.

Schnell eilte Nina zurück auf die Dachterrasse, legte sich wieder auf den Liegestuhl und ließ sich das Eis und die Früchte munden. Sie ließ sich das leckere Eis auf der Zunge zergehen, biss in die knackigen Kirschen und spuckte die Kerne in den kleinen blauen Mistkübel, der neben dem Liegestuhl stand. Es dauerte nicht lange und das Eis war gegessen. Sie stellte die leere Schale neben sich auf den gekachelten Boden und sank tiefer in ihren Liegestuhl.

Die Sonne brannte heiß auf ihrer Haut und es fühlte sich wundervoll an. Langsam glitt der Stress von ihr und sie entspannte sich immer mehr. Einige Zeit danach kam ein Schmetterling zu Besuch. Neugierig flatterte er herum und landete schlussendlich auf dem Geländer. Nina beobachtete dieses wundervolle Geschöpf. Es hatte zarte blaue Flügel, mit hellgelben Punkten. Für einen kurzen Moment wünschte sie sich, auch fliegen zu können. Es musste unglaublich sein, unbekümmert durch die Gegend zu flattern und das Leben zu genießen.

Während Nina noch eine Weile über das Fliegen nachdachte, schlief sie ein und versank in einen Traum. Sie befand sich inmitten einer gewaltigen Blumenwiese. Die Farbenpracht der vielen Blumen erfreute ihr Herz. Verschiedenste Geräusche drangen an ihr Ohr, doch diese passten optimal zur Kulisse und waren in keiner Weise unangenehm. Nina lief minutenlang durch die Wiese, bis sie nicht mehr konnte, und ließ sich dann einfach fallen. Sie beobachtete die vereinzelten Wolken, die vorüberzogen und erfreute sich daran zu erkennen, was diese darstellten.

Von Tieren über Gesichter war alles zu sehen. Plötzlich musste sie lachen, eine der Wolken sah tatsächlich aus, wie ein stattlicher Mann. Da Nina schon einige Zeit Single war, hätte sie natürlich nichts dagegen gehabt, wenn dieser Mann real gewesen wäre. Aber die Form der Wolke änderte sich schnell wieder und zeigte nun einen Apfel.

»Lecker, Apfel. Wer braucht schon einen Mann«, dachte sie und musste herzhaft lachen. Nun hatte sie genug von den Wolken und stand langsam auf. Nina schaute sich um und erkannte am Ende der großen Wiese eine Gestalt. Diese weckte ihre Neugierde und sie ging langsamen Schrittes in diese Richtung. Je näher sie kam, umso genauer konnte sie die Gestalt erkennen. Nach einer Weile war klar, es handelte sich um einen Mann. Er trug eine Jeanshose, war sehr schlank und schaute interessiert in ihre Richtung.

Als Nina schon relativ nahe war, konnte sie seine unglaublichen Augen sehen, die in einem umwerfenden Blau strahlten. Sein Kopf war rasiert und er hatte einen Dreitage-Bart. Unter seinem dunkelblauen T-Shirt zeichneten sich die Muskeln ab. »Wow«, kam es über Ninas Lippen. Dieser Mann faszinierte sie, das konnte sie nicht abstreiten.

Nur noch ein paar Schritte und sie stand direkt vor ihm. Sie wischte sich einige Haarsträhnen aus dem Gesicht und blickte ihn an. Er erwiderte ihren Blick und so standen sie eine Weile schweigend voreinander. Nina überwand sich als Erstes und stellte sich vor: »Hallo, mein Name ist Nina. Mit wem habe ich die Ehre?«

»Hallo Nina. Ich habe keinen Namen … noch nicht, aber ich freue mich sehr, dich kennenlernen zu dürfen.«

Irritiert von dieser Antwort dachte sie: »Keinen Namen? Wie kann man noch keinen Namen haben? Sehr mysteriös.«

»Du solltest nicht lange darüber nachdenken, es ist wie es ist. Freue dich lieber darüber, dass wir uns hier getroffen haben.«

»Na gut Mister Namenlos, dann sage mir wenigstens, was du hier machst?«

»Ich komme nur deinem Wunsch nach, daher bin ich hier!«

Nun verstand Nina gar nichts mehr. Das Ganze wurde immer eigenartiger. Sie sollte sich diesen Mann her gewünscht haben?

»Um es dir leichter zu machen, kann ich dir sagen, du träumst gerade«, teilte er ihr mit, während er sie freundlich anlächelte.

»Oh, alles klar, ich träume. Was denn auch sonst. Wäre auch zu schön gewesen, wenn das real wäre«, erwiderte Nina.

»Es ist zwar ein Traum, aber es ist auch real, da du es dir von Herzen wünschst.«

»Tut mir leid, aber das verstehe ich nicht wirklich. Allerdings, da du ja sagtest, es ist mein Traum, dann spricht ja nichts dagegen, wenn ich das hier mache«, sagte Nina, zog ihn an sich heran und küsste ihn zärtlich. Ein angenehmer Schauer zog sich durch ihren gesamten Körper, als sich ihre Lippen wieder voneinander lösten.

»Da hast du vollkommen recht, es ist dein Traum und du kannst machen, was du willst.«

»Machen, was ich will? Du würdest dich wundern. Wenn das Ganze nicht so suspekt wäre …«, dachte Nina und musste lächeln. Anschließend wollte sie mehr erfahren und löcherte den Mann ohne Namen. Zu ihrem großen Bedauern wurde sie auch nach einer Stunde nicht schlau aus seinen Antworten. Nina war sich auch nicht sicher, ob sie wirklich träumte, es kam ihr alles so real vor.

Schließlich kam sie zu der Erkenntnis, die Zeit besser zu nutzen und es einfach nur zu genießen. Hand in Hand schlenderte sie mit ihm durch die Blumenwiese und erzählte ihm Geschichten aus ihrem Leben. Er war ein guter Zuhörer, obwohl es irgendwie den Anschein hatte, er wüsste bereits alles, was sie zu erzählen hatte.

Das Wichtigste aber war, Nina fühlte sich wohl und das war alles, was zählte. Aus diesem Mann würde sie sowieso nicht viel herausbekommen, seine Antworten gaben nur weitere Fragen auf. Sie wusste nur eines, sie fühlte sich verdammt wohl in seiner Nähe. Seit ihrer letzten Beziehung waren bereits acht Jahre vergangen und Nina merkte, wie sehr sie die Nähe eines Mannes vermisste. Er schien immer genau zu spüren, wie sie sich gerade fühlte. Seine Hand streichelte sanft durch ihre Haare und sie genoss diese intensive Berührung.

»So … könnte es für immer bleiben«, flüsterte sie leise und kuschelte sich nahe an diesen Mann heran. »Wenn du das wirklich willst, dann wird es auch so sein«, antwortete er mit seiner sanften Stimme.

Nina lächelte innerlich. So gut hatte sie sich schon ewig nicht mehr gefühlt. Wenn das wirklich ein Traum war, dann sollte er nie mehr enden. Alles war perfekt, genauso wie es gerade war. Nach einer Weile stand sie auf und wischte sich den Schweiß von der Stirn. »Diese Hitze ist unerträglich, ich brauche dringend etwas zu trinken.«

»Du vergisst schon wieder, dass du nur träumst Nina. Du könntest hier zwar trinken, doch es würde dir nicht wirklich etwas bringen.«

»Na toll! Aber was soll ich sonst gegen diese unerträgliche Hitze machen?«, wollte sie wissen.

»Das einzig Sinnvolle wäre, aufzuwachen«, erwiderte der Namenlose und lächelte sie an.

»Sollte das wirklich ein Traum sein, dann will ich aber gar nicht aufwachen. Ich fühle mich absolut wohl in deiner Nähe.«

»Ein paar Minuten von hier ist ein kleiner See. Was hältst du davon, wenn wir dorthin gehen und uns ein wenig abkühlen?«, wollte der namenlose Mann wissen.

»Super Idee.« Sie standen auf, er nahm ihre Hand und sie spazierten gemütlich zu dem See. Die Sonne brannte unerbittlich auf Ninas Haut und sie konnte es kaum noch erwarten anzukommen und endlich in das kühle Nass zu springen.

Als sie endlich dort angekommen waren, bekam Nina große Augen. Der See war wunderschön, die Sonnenstrahlen spiegelten sich im klaren Wasser und ließen tausend kleine Sterne funkeln.

Sie sprintete los und machte einen Kopfsprung in das Wasser. Es fühlte sich gut an, aber irgendwie war ihr noch immer extrem heiß. Scheinbar half das kühle Wasser auch nicht.

Nachdem sie aufgetaucht war, schaute sie ans Ufer und sah, wie sich der Namenlose gerade frei machte. »Wow, was für ein Körper!«, dachte Nina und schaute ihn fasziniert an. Nur noch mit einem Slip bekleidet, lief er los und hechtete in das Wasser, um kurze Zeit danach hinter Nina aufzutauchen.

»Wie fühlst du dich? Kühlt dich das Wasser ab?«, wollte er dann wissen und schaute sie fragend an.

»Das Wasser ist herrlich, aber … irgendwie ist mir immer noch extrem heiß und es wird immer schlimmer. Bin ich krank, oder was ist los mit mir?«

»Wenn dir das Wasser auch nicht hilft, dann liegt das Problem eindeutig in deiner Realität.«

»Hmm … Du meinst also, die Hitze zwingt mich, aufzuwachen. Aber … aber dann bist du ja weg«, erwiderte Nina und blickte mit traurigen Augen auf ihren Traummann.

»Hab doch keine Angst, vertraue dir selber. Wenn es dein Wunsch ist mich nicht zu verlieren, dann wirst du das auch nicht.«

»Klingt so einfach, aber auch so unglaublich. Ich weiß nicht, was ich tun soll«, antwortete Nina und in ihrem Blick war Verzweiflung und Angst zu sehen.

Sie wusste ja nicht mal, was sie tun konnte, um aufzuwachen. Langsam wurde die Hitze unerträglich. Ihre Haut brannte wie Feuer und der Schweiß lief über ihren ganzen Körper, obwohl sie in einem See schwamm, umgeben von kühlem Wasser. Plötzlich hörte sie ein Geräusch. Ein sich wiederholender Summton, der ihr bekannt vorkam. »Hörst du das auch?«, wollte sie wissen.

»Ja, ich höre es. Wie es scheint, ruft dich deine Realität.«

Nina schaute ihrem Traummann ohne Namen noch einmal tief in seine tiefblauen Augen, zog ihn zu sich heran und küsste ihn leidenschaftlich. Sie zitterte am ganzen Körper, obwohl die Sonne nach wie vor wie Feuer auf ihrer Haut brannte.

Nur Sekunden später schlug sie ihre Augen auf und hörte, wie jemand an der Wohnungstür läutete. Sie sprang auf und rief: »Verdammt noch mal, ich bin in der Sonne eingeschlafen. Das gibt sicher einen Sonnenbrand.«

Eilig zog sie sich den seidenen blauen Bademantel an und lief ins Haus. Ihre Haut brannte und der Schweiß lief ihr über die Stirn. Mit einem kleinen Handtuch wischte sie sich die Stirn ab und öffnete die Türe.

Als sie sah, wer da vor ihrer Türe stand, schien die Welt für einen Moment stehengeblieben zu sein. Die Blicke der zwei Personen, die sich gerade gegenüberstanden, trafen sich. Für eine Weile schwiegen beide, ehe der Mann zu sprechen begann. »Entschuldigen sie bitte, ich hoffe, ich habe sie nicht bei irgendwas gestört. Mein Name ist Marc. Ich bin der neue Mieter von gegenüber und wollte mich ihnen vorstellen.«

Nina konnte es noch immer nicht fassen. Der Mann aus ihrem Traum stand ihr gegenüber, wie konnte das sein? Stotternd antwortete sie: »Hallo Marc, ich bin Nina. Nein, sie haben mich nicht gestört, im Gegenteil. Ich hatte mich auf meiner Terrasse gesonnt und war eingeschlafen. Sie haben mich davor bewahrt, einen noch schlimmeren Sonnenbrand zu bekommen.«

»Da bin ich aber froh, dass ich sie rechtzeitig aufgeweckt habe. Was halten sie davon, wenn ich ihnen eine After-Sun Lotion aus meiner Wohnung hole und sie damit einreibe? Das hilft, dann geht es ihnen schon morgen wieder besser und es brennt nicht mehr so«, fragte er und blickte ihr tief in die Augen.

»Das wäre fantastisch. Meine Haut brennt wie Feuer«, erwiderte Nina und lächelte ihren Traummann an.

Während Marc die Lotion holte, eilte sie in ihre Küche, holte eine Flasche Rotwein aus der kleinen Bar und nahm ein paar Gläser aus dem Regal. Beides brachte sie zum Wohnzimmertisch und schenkte ein.

Es dauerte nicht lange und Marc kehrte zurück. Er schloss die Wohnungstüre und ging zu Nina.

»So, da bin ich wieder.«

»Ich habe mir erlaubt, uns etwas Wein einzuschenken. Sie trinken doch Wein?«, wollte Nina wissen und blickte Marc fragend an.

»Natürlich, sehr gerne. Aber als Erstes kümmern wir uns um ihren Sonnenbrand. Eine so schöne Frau, sollte nicht leiden müssen«, erwiderte er mit einem Lächeln, welches in Nina die Sonne aufgehen ließ.

Nachdem sie ihren Bademantel abgestreift hatte und nur noch in Bikini und Badehöschen dasaß, kam Marc näher. Vorsichtig und sanft verrieb er die Lotion auf Ninas Körper. Obwohl es etwas brannte, genoss sie seine Berührungen und konnte nicht genug davon bekommen.

»Danke, das tut wirklich gut und kühlt etwas.«

»Sehr gerne Nina, ich hoffe wir können uns duzen?«, wollte er wissen.

»Natürlich Marc, sehr gerne sogar.«

Als Marc fertig war und ihren ganzen Körper eingerieben hatte, nahm Nina die beiden Weingläser und gab ihm eines davon. Dann hob sie das Glas und sagte: »Prost! Auf uns und auf eine gute Nachbarschaft.«

Sie saßen anschließend noch sehr lange zusammen, tranken Wein und Nina erzählte ihm ihren Traum …

Skye Winter

Die Künstlerin und der Spielzeugmacher

»Willy!« Er war der Einzige, der ihn so nannte. Willy, als wäre er ein Schaf. Die meisten seiner Freunde nannten ihn Will. Aber es störte ihn nicht sonderlich, es war einfach nur eine etwas ungewöhnliche Angewohnheit seines besten Freundes aus Kindertagen, über die er jedes Mal wieder den Kopf schütteln konnte. Er kannte niemanden, der soviel Enthusiasmus versprühen konnte wie Mike und wenn er seinen Namen so eindringlich aussprach, dann musste etwas Großes passiert sein. Oder zumindest etwas, von dem Mike überzeugt war, dass es groß werden würde.

»Unsere Sommerferien wurden gerade interessant, Willy.«

»Warum?«

»Das Schild ist weg.«

»Das Schild ist weg? Das Schild ... welches Schild- oh mein Gott! Das Schild ist weg?«

»Das Schild ist weg.«

»An wen haben sie verkauft? Jemand aus dem Ort?«

Das Herrenhaus an der Straße oben, stand seit einem Jahr leer. Es war riesig und die Familie, die vorher darin gewohnt hatte, benutzte es nur als Sommerhaus.

»Nein«, schüttelte der Blonde über soviel Begriffsstutzigkeit den Kopf, »Hier hat doch niemand genug Geld dafür! Es scheinen Städter zu sein.«

Alles in allem war das wohl eine interessante Neuigkeit, allerdings erklärte sich Mikes Freude immer noch nicht, denn wenn das Haus nun wieder Besitzer hatte, dann hieß das, sie hatten ein Versteck verloren und einen Ort wo sie ihre Zeit verbringen konnten.

»In Ordnung. Es kann sein, dass ich mal wieder fürchterlich auf dem Schlauch stehe, aber *warum* freust du dich jetzt so?«

»Wegen der Tochter«, ließ Mike die Bombe platzen.

»Der Tochter«, wiederholte Will langsam. »Natürlich, *die Tochter*, ich weiß *ganz genau* wovon du redest!«

»Völlig egal, wir müssen los, komm schon, komm schon!«

»Wir müssen *wohin*?«

»Erkläre ich dir auf dem Weg, das dauert bei dir zu lange. Beweg dich, na mach schon.«

Weil er wusste wie wenig Sinn es hatte seinem besten Freund in so einer Situation zu widersprechen, gab er nach und folgt ihm nach draußen.

»Und wir warten jetzt worauf?«

William und der immer noch schrecklich gut gelaunte Mike, knieten hinter drei Heuballen am Kornfeld. Der Blonde sah in einem ungefähr regelmäßigen Abstand von fünf Sekunden auf seine Uhr.

»Wir warten«, begann er und starrte in die Richtung, in welcher die Sonne den Waldrand in blendend helles Licht tauchte, »darauf!« Begeistert sprang er auf und klatschte in die Hände. Der Andere richtete seinen Blick ebenfalls auf den Waldrand, konnte dem, was da auf sie zukam, aber nicht so wirklich Begeisterung abgewinnen.

»Was ist das?«

»Das, mein Freund, ist eine Kutsche.«

»Eine Kutsche?«

»Nicht nur irgendeine Kutsche. Dies ist die Kutsche, die unser Leben verändern wird, Willy!«

»Ach ja«, gab der, wenig überzeugt, zurück.

Die magische Kutsche kam immer näher, davor waren zwei sehr schöne Pferde gespannt. Ein Fuchs und ein Schecke. Ein ungleiches Paar. Auf dem Kutschbock saß ein Mann mit schwarzem Zylinder, aber statt des Kutschgehäuses, hatte dieses Gefährt nur eine Ladefläche, auf welcher einige Koffer festgezurrt waren, damit sie nicht herum hüpften, wie die Strohballen daneben. Als sie vorbeifuhr, erblickte William noch etwas, das seine Aufmerksamkeit erregte. Ein Mädchen mit dunkelbraunem, glänzenden Haar saß gegen einen der Ballen gelehnt und las in einem Buch. Sie schien die Welt um sie herum überhaupt nicht wahrzunehmen.

»Nichts wie hinterher, Willy!«

»Hinterher, warum denn-«

»Komm schon!« Und mit diesen Worten wurde er unsanft am Ellenbogen gepackt und ehe er sich versah, rannte er bereits einem fremden Mädchen auf einer fremden Kutsche hinterher.

»Hallo«, sagte da plötzlich eine sanfte Stimme, die klang, als ob sie sich nicht recht entscheiden könnte, ob sie gerade eine Frage oder eine Aussage formulieren wollte. Sie standen vor dem Zaun, der das alte Herrenhaus umgab.

»Äh ähem hallo!«, stotterte Mike, dann räusperte er sich und stellte sich direkt vor William. Der trat entspannt einen Schritt zur Seite und legte seinem Freund eine Hand auf die Schulter.

»Ich bin Mike und das… das ist Willy, er ist Spielzeugmacher.« Mike wirkte irgendwie, als wolle er die Brünette beeindrucken.

Das Mädchen von der Kutsche lächelte ein wenig verwundert, dann machte sie einen Knicks und sagte: »Nett euch kennenzulernen. Ich heiße Anna und ich bin Künstlerin.«

»Es ist schön dich kennenzulernen, Anna«, sagte Mike und machte einen Knicks. William verdrehte die Augen, weil Mike sich mal wieder total übernahm. »Du solltest mich begleiten, schöne Anna.« William konnte es nicht fassen. Sein bester Freund fiel wirklich immer mit der Tür ins Haus. Doch das Mädchen lächelte nur amüsiert und strich sich eine Haarsträhne hinter das Ohr.

»Wohin?«, fragte sie schließlich. »Wohin sollte ich dich begleiten wollen?«

»Der Jahrmarkt, mein Fräulein. Der Jahrmarkt ist hier. Heute Abend zum ersten Mal.«

»Ein Jahrmarkt«, wiederholte sie. »Aha.« Die beiden gaben ein seltsames Paar ab, er in seiner Latzhose und dem karierten Hemd – ein richtiger Farmarbeiter eben –, sie dagegen in einem luftigen weißen Sommerkleid, mit dunkelblauer Schleife an dem übergroßen Sommerhut.

»Ich werde darüber nachdenken.«

Am Abend herrschte auf dem Dorfplatz volles Leben. Der Jahrmarkt war ein besonders großes Ereignis, fand er doch nur einmal im Jahr seinen Weg hierher.

Anna war nicht mit Mike gekommen, stattdessen wurde sie von einem Städter begleitet, dem man das Geld zu den Ohren herauswachsen sah. Gegen Mitternacht hatte sich der Platz allmählich geleert. Mike hatte ein Mädchen mit nach Hause genommen; nicht Anna, versteht sich, eine Blonde in kurzem weißen Kleid. Will hatte sich relativ früh zu einem Spaziergang verabschiedet, er war nicht gern am Bierstand, wenn alle betrunken den Mädchen hinterher grölten. Als er zurückkehrte, sah er Anna dort sitzen. Sie hatte ein Rotweinglas in der Hand und war allein.

»Hey«, sagte er, als er sich neben sie setzte. »Wo hast du deinen Begleiter gelassen?«

»Ach, fang du nicht auch noch an.«

»Entschuldige.«

Sie antwortete nicht und nahm noch einen Schluck. Er bestellte sich noch ein Bier und gemeinsam schwiegen sie, tranken, nebeneinander, aber nicht zusammen.

Etwas später stand Anna ohne ein Wort auf und auch Will erhob sich. Ohne dass es abgemacht gewesen wäre, brachte er sie nach Hause. Ihre Eltern schliefen bereits. Später hatte er erfahren, dass sie es ihnen nie erzählt hatte. Ihre Mutter und ihr Vater waren bis zu ihrem Tod davon überzeugt, dass Jan (dieser Schnösel aus der Stadt) Anna an diesem Abend heim gebracht hatte. Eines Abends, ein paar Tage später, wartete William mit einer Decke und einem Picknickkorb vor dem Zaun des alten Herrenhauses.

Mike hatte ihm den Rotwein besorgt, seine Mutter die Kirschen.

William wartete so lange, bis es ganz dunkel geworden und das Licht drinnen ausgegangen war. Dann kletterte er flink über den Zaun. Das Tor war zwar offen und das wusste er auch, aber über den Zaun zu klettern, machte das ganze Abenteuer irgendwie abenteuerlicher.

Das Geräusch, als seine Füße auf dem Boden aufkamen, kam ihm zu laut vor und beinahe erwartete Will dass in dem Haus wieder Licht anging, doch alles blieb dunkel. Geduckt lief er über den Rasen, solange bis er unter ihrem Fenster stand. Dann kletterte er am Baumstamm bis in die Astgabel hoch und klopfte leise gegen die Scheibe. Es dauerte etwas, doch dann kam eine schmale Silhouette auf das Fenster zu.

»William?«, fragte Anna leise und etwas überrumpelt. Sie trug ein Top und einen kurzen Rock zum Schlafen, auf jeden Fall Kleidung in der sie eigentlich nicht rausgehen würde. Will konnte den Blick nicht von ihren perfekt geformten Beinen abwenden.

»Hallo.«

»Bist du verrückt? Weißt du wie spät es ist?«

»Hast du Lust auf ein Picknick?«, sagte William und hob den Korb an, so dass sie ihn sehen konnte.

»Das ist doch verrückt, wenn meine Eltern aufwachen-«, protestierte sie, war aber schon dabei aus dem Fenster zu klettern.

»Ich dachte wir nehmen den Pfad, der hier auf der Karte eingezeichnet ist. Romeo und Julia hatten dort ihr erstes Treffen.« Will lachte leise. Anna schüttelte den Kopf über soviel literarisches Unverständnis.

»Die haben doch in Italien gelebt.«

»Wer behauptet das?«

»Shakespeare behauptet das.«

Die Nacht war sehr klar und noch relativ warm, selbst für den Sommer. Die beiden liefen in den Wald, der hinter ihrem Haus begann und dort breiteten sie ihre Decke aus. Anna lachte ein glockenhelles Lachen und ließ sich auf den Boden fallen.

»Das ist das romantischste, das ein Junge jemals für mich getan hat.«

»Dich in einen kalten Wald entführt und den Wölfen ausgesetzt?«

»Nein, du Idiot«, antwortete sie kichernd und zog ihn neben sich auf die Decke. »Verstanden, dass ich nicht behandelt werden will, wie eine todkranke Porzellanpuppe. Gib mal bitte den Rotwein rüber.« Sie griff nach einer Kirsche und spuckte den Kern kurz darauf in den Wald hinein, wahrscheinlich weiter als er das jemals gekonnt hatte. Je öfter William mit ihr zu tun hatte und je näher er sie kennenlernte, desto mehr wurde ihm bewusst, dass ein echter Kerl in ihr steckte. Als er ihr das sagte, starrte sie ihn einen Moment lang verdutzt an und fing dann so sehr an zu lachen, dass sie sich an ihrem Wein verschluckte.

In der Nacht des Picknicks, hatte William Anna zum ersten Mal geküsst. Danach war es irgendwie fest gewesen. Das alles ging von ihrer Seite aus, was ihn enorm erleichterte. Sie war es, die auf dem Marktplatz nach seiner Hand griff und sie war es auch, die ihn zu einem Essen bei ihr zu Hause einlud, damit er ihre Eltern kennenlernen konnte.

Noch niemals zuvor war er so nervös gewesen. Er hatte sich einen Anzug von seinem Vater geliehen und Blumen für die Mutter gekauft. Er besorgte eine Flasche Wein für den Vater und schnitt jedem das Wort ab, der ihn fragte, warum er sich solche Mühe gab.

Anna erwartete ihn am Zaun. Sie trug ein weißes Kleid und ihre dunklen Haare hatte sie zu einem Zopf geflochten. Sie lachte ihn aus, als sie ihn im Anzug sah.

»Warum hast du dir solche Mühe gegeben?«, fragte sie, doch als sie ihre Hand in seine schob, spürte er, dass sie ähnlich nervös sein musste, wie er selbst.

Anna griff nach dem Türklopfer (in Form eines Löwenkopfes – als würde das nicht seine schlimmsten Befürchtungen bestätigen!) und ließ ihn zaghaft auf das Holz treffen. Ein Mann mittleren Alters, allerdings mit bereits grauem Haar, öffnete ihnen.

»Anuschka, mein Engel. Und das muss dann der gute William sein. Guten Tag, junger Mann. Hermann Woyzeck und das ist meine Frau Magdalena.« Hinter dem Mann war eine Frau aufgetaucht, ein wenig kleiner als er.

»Wie ich sehe, haben Sie ein Auge auf unsere Tochter geworfen.« Annas Mutter hatte das gleiche braune Haar wie ihre Tochter, nur dass ihres schon mit einigen grauen Strähnchen durchzogen war. Ihre Stimme war sehr ruhig, jedoch zuckte Will bei ihrer Ausstrahlung zusammen.

»Nun, so – so würde ich das nun nicht nennen, ich –«

»Mami, bitte!«, mischte sich Anna, die mittlerweile ganz rot geworden war, ein.

»Wollen wir uns nicht setzen?« Ohne eine Antwort abzuwarten, ging der Vater voraus in ein riesiges Esszimmer. Der Tisch war gedeckt mit Silberbesteck, so fein wie Will es noch niemals in der Hand gehabt hatte.

»Ach ja, ich hätte fast, das hätte ich fast vergessen. Ich habe Ihnen Blumen mitgebracht, Madame! Und eine Flasche Wein!« Ziemlich ungeschickt drückte er Annas Vater die Flasche in die Hand, wobei er beinahe die Blumen fallen ließ. Anna nahm sie ihm ab und stellte sie in eine Vase.

»Vielen Dank, das ist sehr freundlich von Ihnen, junger Herr.« Die ganze Zeit über wünschte William sich nichts mehr, als dass ihre Eltern aufhörten, ihn mit *junger Herr* oder *junger Mann* anzureden, aber er traute sich nicht, etwas dagegen zu sagen. Anna schien sein Dilemma zu bemerken.

»Mama, er hat einen Namen!«

»Richtig. Entschuldigen Sie, William.« Ihm war, als lege die Frau ihm gegenüber eine besondere Betonung auf die letzte Silbe.

Dann setzten sich alle an den viel zu großen Tisch und William wäre am liebsten im Boden versunken. Er hatte keine Ahnung in welcher Reihenfolge er das Besteck zu benutzen hatte und dachte zum ersten Mal daran, ob es Mike mit Miriams Eltern wohl auch so schwer hatte.

»Von außen nach innen«, flüsterte Anna ihm schnell zu. »Es tut mir leid.«

Will nahm einen großen Schluck von dem Wasser mit den Eiswürfeln, um sich zu beruhigen.

»Und, William, was haben Sie denn nach dem Sommer vor? Wo werden Sie studieren?« Der Vater hatte diese Frage ganz belanglos gestellt, so als gäbe es überhaupt keine andere Möglichkeit, als eine Universität zu besuchen. Zumindest nicht für jemanden, der mit seiner Tochter ausging.

»Ich … ich werde –«, stammelte er deshalb ein wenig unbeholfen.

»William wird die Fabrik seines Vaters übernehmen. Er wird gleich Geld verdienen und sich nicht auf seinem Wissen ausruhen.« Anna sah niemanden an, als sie das sagte. Stattdessen schob sie sich die Gabel in den Mund und erst als sie gekaut und geschluckt hatte, sah sie auf und lächelte ihre Eltern unschuldig an.

»Oh, nun …«, gab Hermann Woyzeck etwas perplex zurück. Anna hatte ihm allen Wind aus den Segeln genommen, denn so wie sie es formuliert hatte, fiel das Argument, ein einfacher Arbeiter könne nicht für seine Tochter sorgen, weg.

»Wir dachten nur«, sagte da ihre Mutter, „weil Anna doch nach Berlin gehen wird um am Staatsballett zu studieren … wir dachten, Sie tun vielleicht auch etwas in die Richtung."

Mit einem Mal wurde Anna blass und auch William fühlte sich, als hätte man ihm in den Magen getreten. Anna würde weggehen? Nach Berlin? Obwohl er vermutete, dass ihre Mutter genau das bezweckt hatte und deshalb eigentlich ruhig sitzen bleiben sollte, stand er auf und entschuldigte sich höflich.

»Will, bitte warte!«

Er hörte ihre Stimme, als er den Zaun beinahe erreicht hatte. Der Kies knirschte unter Annas rennenden Schritten. Doch er blieb nicht stehen. Vermutlich hätte er es nicht einmal gekonnt, wenn er gewollt hätte. Nicht, dass das in diesem Moment der Fall gewesen wäre. Er wünschte sich nur noch, dass er diese verdammte Einladung nie angenommen hätte, dass er nichts erfahren hätte und wenigstens die kurze Zeit die ihnen beiden blieb, bis zum Ende genießen konnte. Aber das war eben nicht mehr als das: Ein Wunsch.

»Lass mich, Anna«, sagte er, als sie zu ihm aufschloss. »Ich will nur noch hier raus.«

»Es tut mir leid, bitte, ich wollte es dir ja erzählen. Ich habe den Bescheid erst gestern bekommen!«

»Ich freue mich für dich«, sagte William und er hörte selbst, dass seine Stimme vom Gegenteil sprach.

»Es tut mir wirklich leid«, flüsterte Anna, doch da war er bereits zum Tor hinausgegangen und er konnte die Tränen nicht mehr sehen, die sich in ihren Augen gesammelt hatten.

Nessa Maral
Camping-Lust
Eine Kurzgeschichte zu
„Snow-Tote sind doch zum Beschwören da"

»Ich verstehe ja nicht, warum ich dich so verdammt lange dazu überreden musste mit mir Zelten zu gehen. Ich meine, es ist doch total cool. Du und ich. Zwei Vagabunden mit dem geklauten Auto meiner Eltern und weit und breit nichts außer Wald und Strand. Klingt doch fantastisch, findest du nicht, Snow?«, fragte Sam und grinste mich breit an. Wie konnte er nur so vom Zelten schwärmen? Ich verstand meinen besten Freund nicht. Was war so abenteuerlich daran, nachts von Insekten angeknabbert zu werden? Aber in einer Sache hatte er Recht. Es klang unheimlich abenteuerlich, weil unser Plan ohnehin zum Scheitern verurteilt war. Wie sollten wir mit dem gestohlenen Auto ohne Führerschein überhaupt bis an unser Ziel kommen? Dennoch stimmte ich seinem Vorschlag zu. Es würde sicherlich spannend werden und bisher sah das Wetter auch nach Zeltwetter aus.

Der Himmel erstrahlte in einem wolkenlosen Blau und erinnerte mich an unseren ersten Zeltausflug mit meiner Mutter und Großmutter kurz nach dem Tod meines Vaters. Es war ganz lustig gewesen. Wir hatten gesungen und den Gruselgeschichten meiner Oma gelauscht. Es waren wundervolle Tage gewesen.

»Hast du deine Sonnencreme eingepackt?«, fragte mich meine Mutter, als ich mein Handgepäck in Richtung Haustüre trug. Ich zog eine Augenbraue fragend nach oben. Sonnencreme? Wofür brauchte ich eine Sonnencreme? Wir würden zu dem Camping-Platz fahren (wobei ich meiner Mutter hierbei nicht verriet, wohin genau unser Weg uns führte und vor allem nicht, wie wir dorthin kommen würden) und dort unsere Zelte aufschlagen. So weit, so gut. Ich freute mich schon auf das Meer. Frische Luft, einen Bierkasten zu zweit killen und uns etwas unterhalten. Schon lange hatten wir keinen richtigen Männerabend mehr gehabt. Es war daher an der Zeit, das Sam und ich noch einmal etwas unternahmen. Meine Mutter sah mich jedoch mit abwartendem Blick an, scheinbar hoffte sie auf eine Antwort.

»Mum, wir gehen nur Zelten. Da brauch ich keine Sonnencreme.« Sie zuckte mit den Schultern und seufzte, dann drehte sie sich um und verschwand in die Küche. Verwirrt sah ich ihr nach. Musste ich dieses Verhalten verstehen? Oder konnte ich es als mütterliche Fürsorge abtun? Ich schüttelte den Kopf.

»Ich geh dann jetzt, okay?«, rief ich ihr zu. Sie streckte ihren Kopf zur Küchentür heraus und grinste breit. »Machs gut, Snow. Ich kaufe gleich mal eine Vorratspackung Quark.« Frech streckte sie mir die Zunge heraus, dann winkte sie mir zu und ich schloss augenrollend die Türe hinter mir. Mütter …

Sam wartete ums Eck auf mich. Er hatte es tatsächlich geschafft den alten roten Golf seines Vaters zu klauen, ohne dass es jemand bemerkte. Ich war beeindruckt. Elegant schwang ich mich auf den Beifahrersitz und zog den Gurt um mich.

»Hey«, begrüßte ich ihn und er strahlte förmlich über beide Backen. Scheinbar war er selbst mehr als stolz auf sich, dass sein Plan geglückt war. Jetzt musste ich nur noch hoffen, dass er ein einigermaßen passabler Autofahrer war und wir ohne Unfall zum Camping-Platz kamen.

Mit heruntergelassenen Scheiben und Sweet Home Alabama auf Dauerschleife fühlte sich unser Ausflug an, als wären wir Rebellen und das Gefühl der neugewonnenen Freiheit beflügelte uns. Sam fuhr gar nicht schlecht dafür, dass er nur ein paar Stunden schwarz mit seiner Mutter gefahren war (sein Vater durfte davon nie erfahren, er mochte Sam ohnehin nicht). Je länger wir fuhren umso erholter fühlte ich mich. Als würde jede Umdrehung der Räder ein kleines Stück der Last von meinen Schultern ziehen.

Kein Stress, keine Abschlussprüfungen und keine Augenblicke, in denen die Trauer mich überwältigte. Ich war plötzlich Snow, der sechzehnjährige Junge, der in Kürze seinen siebzehnten Geburtstag haben würde und danach seinen Abschluss mit Bravur machen würde, um irgendwann in die Forschung für Paranormales zu gehen. Irgendwie faszinierten mich die Geschichten und Berichte meiner Oma jedes Mal aufs Neue. Irgendwo dort draußen gab es magische Wesen. Dieses Wissen war unglaublich und machte mich neugierig. Wenn ich sie doch nur kennenlernen könnte.

Sams Fluchen holte mich zurück in die Realität.

»Verdammte Scheiße! Der Wagen lässt sich nur noch schwer lenken«, murrte er und ich sah ihn fragend an. Dann vernahm ich ebenfalls das Geräusch als würde etwas auf dem Boden schleifen. Es kam von draußen.

»Fahr mal rechts ran.« Sam sah mich einen Moment an, dann lenkte er den Wagen an den Straßenrand. Nachdem er den Motor ausgestellt hatte, sprangen wir beide aus dem Wagen und sahen das rechte, hintere Rad an.

»Na super. Der Reifen ist hinüber. Ich hoffe, Dad hat einen Ersatzreifen im Wagen. Schaust du mal im Kofferraum nach dem Wagenheber?

Ich schau mal, ob ich drunter einen Reifen oder ein Ersatzrad oder so finde«, stellte Sam fest und ich nickte, öffnete dann aber den Kofferraum und begab mich auf die Suche nach unserer Rettung.

Sam hatte derzeit schon einen Ersatzreifen gefunden, woher er ihn aber genau hatte, konnte ich nicht herausfinden.

Er gab sich jedoch ziemlich professionell, als er den Wagenheber ansetzte und begann den Reifen zu wechseln. Fasziniert sah ich ihm dabei zu. Irgendwie fehlte mir für so etwas das Talent, Sam hingegen war voll in seinem Ding. Er wollte schon immer was mit Autos machen nach der Schule und an diesem Tag wurde mir bewusst, wieso er es tun wollte. Er war geschickt.

Eine halbe Stunde später war unser Auto wieder fahrbereit und mit dreckigen Händen setzten wir die Fahrt fort.

Sam hatte mich nicht angelogen als er verkündet hatte, er wüsste den perfekten Platz für unseren Urlaub. Er hielt an einem Sandstrand, der direkt an einem Wald lag und warf sich sogleich zufrieden in den Sand. Die Sonne stand zwar noch am Himmel, doch sie würde bald ihren Weg in Richtung Horizont fortsetzen. Doch es war mir egal. Zur Not würde ich dieses dumme Zelt auch noch bei Nacht aufbauen. Grinsend ließ ich mich neben Sam sinken, der mich zufrieden anlächelte.

»Ist es nicht wundervoll hier?«, fragte er und ich nickte. Meine Augen verfolgten jede Bewegung der Wellen und ich seufzte leise. Eine solche Idylle hatte ich schon lange nicht mehr erlebt, wie in diesem Moment. Sam grinste, scheinbar hatte er mich durchschaut.

»Komm schon, Snow. Wir müssen noch unser Zelt aufbauen, wenn wir heute Nacht nicht unter freiem Himmel schlafen wollen.« Ich streckte mich und stand auf. Er hatte ja Recht. Es war sicherlich nicht sonderlich angenehm draußen zu schlafen, auch wenn ich die Vorstellung ehrlich gesagt interessant fand.

»Sag mal Sam, wo muss dieser Stab hier rein?«, fragte ich als ich verzweifelt die auf der Skizze angezeigte Öse suchte. Ich fand zwei Ösen, aber keine davon schien zu passen. Sam lachte, dann trat er auf mich zu und warf mir einen Blick über die Schulter. Er warf einen ungläubigen Blick auf mich, dann auf die Zeichnung und schüttelte den Kopf, ehe er mich galant mit der Hüfte zur Seite schubste und sich mit den Worten »Geh mal weg. Ich mach das« in die Arbeit stürzte. Er musterte die Skizze ein letztes Mal, dann knüllte er sie zusammen und machte sich an die Arbeit. Ich verdrehte die Augen. Angeber. Ich konnte das sicherlich auch, nun ja mit etwas Anleitung. Eine gefühlte Ewigkeit später stand das Zelt an Ort und Stelle und Sam öffnete den Kofferraum und warf mir meinen Schlafsack entgegen. Allerdings fehlte da noch etwas.

»Hast du mein Kissen gesehen?«, fragte ich ihn und er zuckte mit den Schultern. »Im Kofferraum ist es nicht. Schau mal ob wir es nach der Panne auf den Rücksitz geworfen haben zu unseren Klamotten.« Ich nickte und warf einen Blick auf die Rückbank, doch auch dort fand ich bis auf unsere schmutzigen T-Shirts kein Kissen. Ich seufzte. Das würde eine harte und lange Nacht werden, stellte ich fest. Ohne Kissen konnte ich nicht schlafen und selbst wenn ich einschlafen würde, sah ich am nächsten Tag aus wie ein Reptil, weil ich Druckspuren von jedem anderen Material im Gesicht hatte, das mir als Kissen fungierte.

Sam seufzte ebenfalls, dann warf er mir sein Kissen entgegen. »Hier, nimm meins. Ich kann auch ohne schlafen.« Dankend nahm ich die Rettung an mich. Sam hatte ohnehin dieses unglaubliche Talent immer und überall in den merkwürdigsten Positionen zu schlafen. Sowas wollte ich auch können, verdammt! Er kletterte vor mir ins Zelt und schnappte sich die rechte Kammer, also blieb mir nur die linke Außenkammer. Schnell war mein spärliches Schlafzimmer eingerichtet und ich vernahm Sam, der bereits die Bierkisten ins Innere schleppte und mit einem »Ich bin dann mal Holz holen« verschwunden war. Ich griff nach meinem Handy und checkte meine Nachrichten, die leider nicht geladen wurden. Tja, Pech gehabt. In dieser Einöde war wohl Netz und vor allem Internet absolute Mangelware. Nicht einmal ein nettes Foto mit Bierflasche von dieser tollen Kulisse konnte ich schießen und auf Instagram posten. Wie sollte ich da nur an meine Likes kommen?

Sam kehrte mit einigen Ästen und kleineren Zweigen auf dem Arm zurück und schichtete sie in der Nähe der Feuerstelle.

»Hast du ein Feuerzeug?«, fragte er und ich begann in meiner Tasche zu kramen. Irgendwo musste es doch sein. Ah, gefunden!

Zufrieden nahm er es mir ab und lächelte, während er begann das Holz aneinander zu schichten, damit es sich langsam vermehrte. Bald würden wir unser Essen grillen können.

Sam warf sich neben mich und reichte mir eine offene Bierflasche und wir stießen miteinander an, auf unseren Ausflug. Die Sonne senkte sich langsam und malte den Horizont orange.

Wir brauchten nicht viel miteinander reden. Unsere Freundschaft hatte noch nie auf vielen Worten basiert und doch war es etwas ganz Besonderes. Wir konnten stundenlang schweigend Fifa zocken, die Spieler beschimpfen und uns gegenseitig verfluchen, doch es war nie etwas Ernstes. Nach achtundvierzig Stunden war es in der Regel vergessen und alles war beim Alten.

»Du wirst nach dem Abitur wegziehen oder?«, fragte ich Sam und er nickte. Natürlich, was hatte ich auch anderes erwartet. Er hatte ein Stellenangebot in einer Großstadt bekommen, das ich an seiner Stelle auch nicht ausschlagen würde. Er wäre beinahe wahnsinnig wenn er es ablehnen würde.

Ich schloss die Augen und lauschte dem Knistern der Flammen und dem Rauschen der Wellen.

»Schau mal Snow, ein Glühwürmchen«, merkte Sam an und einige der kleinen goldfarbenen Insekten schwirrten tatsächlich im nachtblauen Himmel herum und funkelten wie kleine Sterne.

Als wir am Morgen den Wagen vor dem Haus von Sams Eltern parkten, machte ich mich bereits auf die Standpauke gefasst. Er würde uns zerfleischen, Hausarrest war das Mindeste. Vorsichtig streckte seine Mutter den Kopf aus der Türe und sah uns an, ehe sie aus dem Haus herauskam und uns vorsichtig hinter die Ecke schob.

»Gib mir den Schlüssel und geht zu Snow. Dein Vater ist außer sich, Sam. Ich biege das schon zurecht«, entgegnete sie und zwinkerte Sam zu, dann nickte er und übergab ihr den Schlüssel. Sie lachte leise.

»War's wenigstens schön?«, fragte sie und wir nickten synchron. Es war wirklich cool gewesen. Ein Entspannungsurlaub für zwei Personen in der Wildnis. Ich beschloss, sowas mit ihm öfters zu machen, doch bald würde das Schicksal einen anderen Weg für uns auswählen.

Ulrike Allert
Elena und Ian
Ein Sommertag

*Eine Kurzgeschichte zu
„Wohin der Weg uns führt"*

Fünf Uhr. Wie jeden Tag reißt der Wecker mich aus meinen schönsten Träumen. Die Sonne blinzelt durch den kleinen Schlitz an meinem Vorhang und kitzelt meine Nase. Ich gähne und strecke mich, werfe die Decke zurück und stelle meine nackten Füße auf das kühle Laminat, bevor ich mich dazu aufraffe, aufzustehen und in den Tag zu starten. Der Duft von Kaffee strömt durch die Luft und zieht mich in seinen Bann, sodass ich mich erhebe und in die Küche stapfe.

Es ist einer dieser Tage, an denen man am liebsten Urlaub beantragen und weit weg fahren würde. Ich setze mich auf den Küchenstuhl und beobachte, wie die Sonne langsam am Horizont höher steigt. Die Vögel haben ihr Sommerlied schon im Dunkeln begonnen und begrüßen nun bunt durcheinander die aufgehende Sonne. Ich nippe an meiner Tasse und wünsche mich fort.

Zu lange schon bin ich nicht mehr rausgekommen aus diesem Nest. Zu sehr frisst mich die Arbeit im Moment auf, obwohl ich mich zu einem der wenigen Menschen zählen kann, die ihren Job lieben und damit glücklich sind. Meeresrauschen, Möwen, die über den Strandbesuchern umherfliegen und das leichte kühle Nass zwischen meinen Zehen würde ich nur zu gern einmal wieder erleben. Frustriert stelle ich die leere Tasse auf den Tisch und mache mich für die Arbeit fertig. Sicher wird es ein heißer Tag, denn bereits jetzt beginnt meine Haut im Nacken unter den Haaren zu kleben. Kurzentschlossen binde ich sie zu einem lockeren Dutt hoch, der mir etwas Luft um die Halspartie verschafft. Mit mehr als einem knielangen Rock und einer ärmellosen Bluse will ich mich heute nicht kleiden. Immerhin sind 32 Grad für heute Nachmittag angesagt.

Keine Ahnung, wie ich das ohne Ventilator in meinem Büro aushalten soll. Ein Fächer wäre vielleicht angebracht. Mit einem Seufzer nehme ich den Wohnungsschlüssel aus der Schale und greife nach meiner Tasche, bevor ich die Tür öffne.

»Nicht so eilig, mein Liebes«, bremst Ian mich aus und gibt mir einen Kuss auf die Stirn.

»Wir machen jetzt Urlaub«, strahlt er mich an und schiebt mich sacht zurück in den Flur.

»Urlaub? Wer hat das denn beschlossen?«, frage ich verwundert und bin immer noch etwas skeptisch in Anbetracht dessen, dass ich ja gerade zur Arbeit gehen wollte.

»Dein Chef weiß Bescheid! Wir fahren in einer Stunde los. Dann hast du noch etwas Zeit zum Packen!« Völlig sprachlos stehe ich da, bringe keinen Ton heraus. Urlaub, ich glaub es nicht. Ich liebe diesen Kerl. Glücklich und aufgeregt falle ich ihm um den Hals.

»Du bist der Beste!«, lobe ich ihn freudig und gebe ihm einen Kuss auf seinen göttlichen Mund.

»Ich weiß, mein Schatz!«, gibt er ungeniert zurück.

Anderthalb Stunden später sitzen wir guter Laune und im Sommeroutfit in unserem Auto in Richtung Meer. In seiner kurzen Hose und seinem Shirt kommt Ians Sommerbräune richtig gut zur Geltung und ich komme nicht drum herum, ihn hin und wieder durch meine Sonnenbrille hindurch anzuschmachten. Verträumt sehe ich aus dem Fenster, wo sich vor meinen Augen blaue Kornfelder auftun, die sich über eine riesige Länge ziehen. Korn- und Mohnblumen gehören zu meinen absoluten Favoriten der Sommerblumen und jedes Mal, wenn ich die weiten Felder sehe, würde ich am liebsten stehenbleiben und mitten reinlaufen. Wir sind schon eine Weile unterwegs, als mich der Hunger plagt. Immerhin habe ich schon gegen halb sechs gefrühstückt und bin nicht gerade der Mensch, der es ewig bis zur nächsten Mahlzeit aushält, ohne in grottenschlechte Laune zu verfallen.

»Haben wir einen Bären im Schlepptau?«, gibt Ian belustigt von sich, als er meinen Magen grummeln hört. Den Hieb in die Seite hat er sich damit redlich verdient. An einer kleinen Straße biegt er rechts ein und hält auf einem ausgewiesenen Parkplatz mitten im Wald.

»Liegewiese« steht dort geschrieben. Ian holt unseren Picknickkorb aus dem Kofferraum, während ich in Richtung des Wegweisers vorgehe.

Hinter einer kleinen Anhöhe liegt eine riesige Blumenwiese, auf der bereits zwei Familien mit ihren Kindern auf ausgebreiteten Decken zu Mittag essen. Es ist einfach wunderschön. Einen besseren Ort zum Essen hätte ich mir nicht erträumen können. Wer bitteschön braucht da noch ein Restaurant? Ian hat wie immer an alles gedacht.

Neben Canapés, Sandwiches und klein geschnittenem Obst waren auch frische Brötchen, Traubensaft und Kekse mit von der Partie. Als ich gerade den letzten Bissen in meinem Mund verschwinden lasse, fühle ich einige warme Tropfen auf meiner Haut und sehe instinktiv nach oben, nur um mich davon zu überzeugen, dass es wirklich zu regnen beginnt. Eben noch war der Himmel blau und kaum wolkenverhangen, die Sonne strahlte und jetzt, urplötzlich platscht ein Tropfen nach dem anderen auf unsere Decke. Ein Sommerregen, wie er im Buche steht. In Windeseile packen wir alles wieder zusammen und rennen so schnell wir können zurück zum Auto. Klitschnass sitzen wir auf den kalten Ledersitzen und können uns vor Lachen kaum halten. Als der Regen nachlässt holen wir die Handtücher aus unseren Taschen und setzen unsere Reise fort, nachdem wir einigermaßen getrocknet sind.

»Ich liebe dich, weißt du das?«, sagt Ian sanft und küsst mich leidenschaftlich, bevor er den Motor anwirft. Immer noch tropft es aus meinen nassen Haarsträhnen, die ich mit dem Handtuch auszudrücken versuche, welches ich anschließend über meine Schultern streife. Ich lege meine Hand zärtlich auf seine, umschließe sie mit meinen Fingern. »Ich liebe dich auch!«

Eine geschlagene Stunde später sind wir an unserem Ziel angelangt, doch sind wir bei weitem nicht die Einzigen, die an diesem Wochenende in den Urlaub gefahren sind. Autos über Autos stehen überall an den Straßen. Als wir endlich eine Parklücke gefunden haben, öffne ich das Fenster und atme die frische Luft, während Ian einparkt. Ich kann es kaum erwarten, meine Füße in den Sand zu stecken und in das kühle Nass zu springen. Voller Vorfreude laufen wir den Strandweg entlang, der uns durch seine hohen Dünen die Sicht auf die See versperrt. Noch über diesen einen letzten Hügel und dann, stehe ich da und sehe das weite blaue Meer, höre die Wellen ans Ufer schlagen und den Wind in meinen Ohren rauschen. Ich sehe die Kinder, wie sie ihre Sandburgen bauen und im Wasser mit ihren Geschwistern plantschen. Die Möwen kreisen über den Köpfen der Strandbesucher und erhoffen sich wohl den ein oder anderen abfallenden Krümel, auf den sie sich stürzen können. Ian stellt sich neben mich und nimmt meine Hand.

Gemeinsam gehen wir den heißen Sand hinunter und kühlen unsere Füße im kalten Wasser. Ian kann es nicht lassen und spritzt mich mit den Händen nass, worauf hin ich ihm eine ordentliche Ladung zurückgebe und schnellstens meine Beine in die Hand nehme, bevor er es mir heimzahlen kann. Weit komme ich jedoch nicht mit der schweren Ladung, die um meinen Körper gebunden ist.

»Das bekommst du zurück!«, sagt er gespielt beleidigt und hält den Zeigefinger in die Höhe.

»Haha, wir werden sehen!«, sage ich siegessicher, denn ich werde ihn nun keine Sekunde aus den Augen lassen.

»Wollen wir hier aufbauen?«, frage ich und deute mit der Hand auf die freie Fläche unter uns. Ian nickt und nimmt mir sogleich die Strandmuschel ab, die er in Lichtgeschwindigkeit aufbaut. Als Kühltasche und Handtücher darunter verstaut sind, machen wir uns daran, uns gegenseitig mit Sonnencreme einzureiben und

Ian beschert mir dabei eine wohltuende Massage, die mich auf der Stelle entspannen lässt. Eine Zeit lang liegen wir in der Sonne und tanken Vitamin D. Die nebenbei entstehende Bräune nehme ich gern in Kauf, denn bei einem Bürojob, auch wenn der Schreibtisch am Fenster steht, sieht man zu jeder Jahreszeit aus wie ein Spargel.

»Möchtest du ein Eis?«, fragt Ian nach einer ganzen Weile, in der ich hätte schwören können, ein leises Schnarchen zu hören.

»Na klar, was denkst du denn?«, gebe ich verwundert zurück.

»Vanille, wie immer!«, rufe ich ihm noch hinterher.

»Darauf wäre ich jetzt wirklich nicht gekommen!«, ruft er zurück und lächelt dabei. Derweilen drehe ich mich auf den Bauch, um auch meiner anderen Körperseite nichts vorzuenthalten. Als ich gerade dabei bin unter meinem Hut wegzudösen, schrecke ich auf, als ich etwas Eiskaltes auf meiner Wirbelsäule spüre. Schnell ist der Übeltäter ausgemacht. Da war ich nur eine Sekunde unachtsam und schon wird mir ein Eiswürfel auf den Rücken geschmissen. Ian hat Glück, dass es heute so heiß ist und ich nicht in der Laune bin, ihm den Marsch zu blasen.

»Du kleines…« Mein Hirn ist heute eindeutig nicht für Schimpfwörter ausgelegt.

»Ich sagte doch, ich zahle es dir heim!«, grinst er verschmitzt und hält mir mein Eis vor die Nase.

»Aber nur, wenn du dann nicht mehr sauer bist!«, setzt er hinterher und ich nicke bereitwillig. Eis schleckend gehen wir am Wasser entlang und ich sammle ein paar Muscheln, die ich in seiner Hosentasche verstaue. In ein paar hundert Metern machen wir einen Leuchtturm aus und nehmen sogleich Kurs auf ihn. Wie groß er tatsächlich ist, stellt man erst fest, wenn man genau davorsteht. Rotweiß gestreift erstreckt er sich in die Höhe, leuchtet des Nachts das Ufer für die Boote und Flugzeuge aus. Ich fand sie schon immer faszinierend, sind sie nicht eines der bekanntesten Erkennungsmerkmale für Meer und Strand und auf so ziemlich jeder Postkarte vorhanden, die man hier finden kann. Nachdem wir die Steinbrücke entlanggegangen sind, kommen wir zum sportlichen Teil der Strandstrecke. Kitesurfer sind auf dem Wasser zu sehen und weiter hinten mache ich sogar ein Segelboot aus.

Ein Beachvolleyballfeld lässt uns freudige Blicke tauschen und es dauert nicht lange, bis wir den Ballbesitzern ein Spiel abgequatscht haben. Ian ist in solchen Dingen wesentlich besser als ich, allein schon seiner Größe wegen, aber zusammen sind wir meistens unschlagbar. Heute jedoch bin ich des Öfteren abgelenkt, wenn er seinen gebräunten Körper in die Höhe streckt und bekomme den ein oder anderen Ball auf den Kopf, zur Belustigung aller Beteiligten.

»Ich denke, es ist besser, wenn wir ein anderes Mal weiterspielen, meinst du nicht? Nicht, dass du noch eine Gehirnerschütterung bekommst, weil du die Augen nicht von mir lassen kannst«, streckt er mir die Zunge raus und lacht.

»Ich glaube, heute stehst du auf Schmerzen!«, gebe ich zurück, bevor ich ihm abermals in die Seite boxe. Mit einer Bewegung nimmt er mich auf seine Arme und ich schlinge meine Hände um seinen Hals.

»Wenn du mich noch einmal boxt, schmeiße ich dich ins Wasser, verstanden?«, zieht er einen Schmollmund und steht schon bis zu den Knien im kalten Nass. Ich schüttele schnell den Kopf und gebe ihm einen Kuss auf den Mund, blinzele ihm gefällig entgegen, bevor er wieder zurück ans Ufer geht.

»Ich werde es nie wieder tun!«, versichere ich ihm.

»Wer's glaubt, wird selig mein Schatz!«, gibt er ungläubig zurück und drückt mir einen Kuss auf meine Lippen. Hand in Hand gehen wir zu unserem Strandstück zurück und suchen die Muschel. Es wird bereits dunkler und der Himmel färbt sich in eine zarte Mischung aus rot und orange, bevor sie etwas später in rosa übergeht.

Wir sitzen mit Sandwiches auf einer der Dünen und beobachten den Sonnenuntergang, der sich bald vollzogen haben wird und sein sanftes Licht gegen die hellen Punkte und die Sichel des Mondes eintauscht.

»Wir müssen langsam ins Hotel«, unterbricht Ian die atemberaubende Stille. Nur das Rauschen des Meeres ist noch zu hören und leise Stimmen, die ebenso wenig gewillt sind, den Strand zu verlassen, wie wir.

»Lass uns schwimmen gehen!«, entgegne ich aufgeregt. »Jetzt?«, fragt er entsetzt.

»Wieso nicht?«, gebe ich zurück. »Du bist verrückt!« Ja das ist doch mal was ganz Neues für ihn. Wir streifen unsere Klamotten ab und stehen in Bikini und Badeshorts bereit.

»Auf drei?«, fragt er. Ich nicke. »Eins«, beginnt er zu zählen. »Zwei«, und ich renne los.

»Hey!«, ruft er mir hinterher und nimmt die Verfolgung auf. Das Wasser platscht unter meinen Füßen und ohne groß darüber nachzudenken, renne ich einfach hinein und tauche kurz unter. Es ist kalt, aber nicht so kalt, wie ich es erwartet hätte. Ian schwimmt auf mich zu, legt seine Hände unter meine Oberschenkel und zieht mich auf seinen Schoß, während ich meine Arme um ihn lege.

»Du hast geschummelt!«, stellt er fest und ich kann ein Lachen nicht zurückhalten.

»Also langsam müsstest du das doch wissen!«, gebe ich zurück. Seine Küsse schmecken nass und salzig, mein Herz flattert, mein Blut pulsiert in meinen Adern. Er ist so warm, dass ich mich fester an ihn drücke. Mein Körper zittert bereits unter seiner Umarmung. An der Hand zieht er mich hinter sich her ans Ufer, holt ein Handtuch und schlingt es um meinen Körper. Wir legen uns in die Strandmuschel, beobachten die Sterne und reden dabei über die Zukunft, unsere Zukunft.

»Denkst du, wir werden für immer zusammenbleiben?«, fragt er mich und legt seine Hand um meine. Mein Herz macht einen Satz. Seine Augen funkeln im Licht der Sterne. Nie habe ich mich derart geborgen gefühlt und kuschele mich näher an ihn heran.

»Ja, das denke ich. Für immer!« Ich lege meinen Kopf auf seine Brust, höre seinen Herzschlag und schlafe glücklich unter dem monotonen Geräusch ein.

Antonia C. Wesseling
Das Sommercamp

»Wir fahren dieses Jahr nicht weg«, begrüßt mein Bruder mich, als ich aus der Schule nach Hause komme.

»Bitte was?«, fahre ich ihn an. »Hör auf mich immer so zu erschrecken.«

Jakob grinst nur spöttisch. »Sehe ich irgendwie so aus, als würde ich Witze machen, Schwesterlein?« Ehrlich gesagt, nein! Und das macht mir so furchtbare Angst.

»Jetzt nochmal langsam. Was. Ist. Hier. Los?« Mein Bruder verdreht die Augen und dreht sich um ohne weiter auf meine Frage einzugehen.

»Du spinnst doch«, fauche ich ihn an und sprinte die Treppe nach oben. »Mamaaaa.«
Meine Mutter ist anscheinend noch arbeiten. Sie geht weder ans Handy, noch lässt sie sich über die Nummer im Büro erreichen.

»Jakob, wo ist Mama?«, rufe ich. Statt eine Antwort von meinem Bruder zu bekommen, höre ich ein leises Ächzen aus dem Schlafzimmer meiner Eltern. Misstrauisch nähere ich mich der Tür und murmele ein zaghaftes »Hallo?«

»Lizzy?« Es ist tatsächlich Mama.

»Ich dachte, du wärst noch arbeiten«, sage ich verwirrt und mustere meine Mutter. Sie liegt im

Bett unter ihrer dicken Wolldecke und hat die Augen geschlossen. Dabei sind es draußen gefühlte 40 Grad im Schatten.

»Es tut mir so leid, Süße. Irgendwas hat mich wieder umgehauen«, schnauft sie und ich weiß sofort, was sie meint.

»Jakob hat also recht gehabt«, flüstere ich. Meine Stimme ist ganz leise und zaghaft.

Mama nickt. »Ich kann unmöglich verreisen.«

Leider hat meine Mutter recht. In dem Zustand, indem sie ist, würden wir sie auch in kein Flugzeug dieser Welt bekommen. So ein Jammer!

»Hast du nicht gesagt, dass es dir besser geht? Heute Morgen warst du doch wieder auf den Beinen.«

Mama zuckt schwach mit den Schultern. »So ein blöder Virus.« Ich setze mich auf die Bettkante und fahre mit den Füßen über den Parkettboden. Sommergrippe. Wer lässt sich sowas überhaupt einfallen?

»Hoffentlich geht es dir bald besser«, sage ich traurig. Ich komme mir geschmacklos vor, an den Urlaub zu denken, während Mama im Bett vor sich hinvegetiert.

»Danke, Maus«, murmelt sie und dreht sich auf die Seite. Ich verlasse das Zimmer, sicherlich braucht sie Ruhe. In mir drin ist es jedoch leer. Drei Wochen Kreta tauschen sich nun durch den wolkenverhangenen Himmel hier.

Wir haben Sommerferien. Eigentlich gibt es tausend Gründe, glücklich zu sein. Ich habe mich auf dem Zeugnis in den meisten Fächern verbessert, ich habe endlich einen Minijob in der Eisdiele ergattert und ich habe sechs Wochen Zeit, mein Leben in vollsten Zügen zu genießen. Ich nehme mir vor, meine Laune nicht von dem geplatzten Urlaub vermiesen zu lassen und rufe Marie an. Zwar wird sie sicher die ganzen Ferien auf dem Tennisplatz stehen, aber was soll's?

»Endlich meldest du dich«, begrüßt sie mich.
Ich verdrehe die Augen. »Hey, ich freue mich auch dich zu hören«, sage ich sarkastisch.
»Sorry«, lacht sie. »Ich freue mich wirklich, dass du anrufst.«
»Hmmm.«
»Du klingst so anders. Ist alles okay?«
Ich schüttele den Kopf. Da fällt mir auf, dass sie das durchs Telefon ja gar nicht sehen kann.
»Nichts ist okay. Meine Mutter liegt flach und Kreta fällt ins Wasser.«
Marie stöhnt. »Oh nein. Das tut mir leid, Lizzy.«
»Hach. Wenn wir doch wenigstens etwas Cooles zu zweit machen könnten.«
Marie überlegt. »Wie wär's, wenn ich dich gleich mal besuchen komme? Meine Mutter hat Cupcakes gebacken. Sie sind zwar nicht so ansehnlich, aber schmecken tun sie bestimmt.«

Ich grinse. »Das habe ich zwar nicht unbedingt gemeint, als ich sagte, wir sollen was Cooles tun, aber eine schlechte Idee ist es dennoch nicht.«

Und so legen wir auf und ich lasse mich aufs Bett fallen. Andererseits könnte ich mich auch an den Gedanken gewöhnen, sechs Wochen durchzuschlafen. Einfach nicht mehr aufstehen, denke ich und vergrabe mein Gesicht in dem Kissen.

»Siehste. Hab ich doch recht gehabt.« Mein Bruder lehnt im Türrahmen und lächelt mich blöd an.

»Hau ab und lass mich in Ruhe«, fauche ich und werfe ein Kissen nach ihm.
Aber anstatt sich davon beirren zu lassen, bleibt er stehen und setzt sein Ich-denke-nach-Gesicht auf. »Habe ich richtig gehört, dass Marie gleich hier aufkreuzt?«

»Das geht dich überhaupt nichts an«, schnaube ich.

»Wie du meinst.«
Ich weiß, dass mein Bruder schon lange einen Blick auf meine hübsche Freundin geworfen hat und auch Marie ihm nicht gerade abgeneigt ist. Dennoch habe ich keine Lust, die beide vor meiner Nase turteln zu sehen. Deshalb habe ich mir vorgenommen, das zu verhindern.

Jakob verschwindet zum Glück wieder in seinem Zimmer und ich bin alleine. Es dauert aber nicht lange und Marie steht vor meiner Zimmertür. Sie ist ganz aufgeregt als ich ihr öffne und wedelt mit einem Flyer vor meiner Nase herum.

»Lust auf etwas Cooles?«, zitiert sie mich.

Ich hebe eine Augenbraue. »Cupcakes?«, lache ich und schließe die Tür hinter ihr.

»Viel besser«, erklärt sie und überreicht mit feierlich den Flyer. »Das ist ein Werbeblättchen vom Sommercamp für alle Tennisanfänger oder bereits Begeisterte.«

»Und da dachtest du dir, wir könnten teilnehmen?«, lache ich auf.

Marie nickt. »Na klar. Dir würde das sicher auch Spaß machen. Du hast es noch nie richtig versucht.«

»Nein danke«, winke ich ab. »Für mich ist sowas nichts.«

»Sowas?«

Ich zucke mit den Schultern. »Du weißt, was ich meine. Dürre Mädchen in weißer Tenniskleidung, Sport bei dreißig Grad und nicht zu vergessen Sonnenbrand.«

Marie lacht. »Ach, Lizzy. Du bist verrückt. Das wird sicher lustig. Deine Mutter fand die Idee übrigens gut.«

Ich starre sie an. »Du hast mit meiner Mutter darüber geredet?«

Sie nickt. »Ich habe sie im Flur getroffen. Sie wollte sich einen Tee machen. Du hast recht, sie sieht furchtbar aus.«

»Das ändert nichts an der Tatsache, dass Sommerfreizeiten nichts für mich sind.«

Marie lässt sich jedoch nicht abwimmeln. »Keine Widerrede. Ich melde dich mit an. Du musst ja nicht immer mit auf den Platz. Es werden auch Fahrradtouren angeboten und vielleicht kann man ein Paddelboot mieten.«

»Grrrr«, schimpfe ich. »Meinetwegen.«

Sie jauchzt auf. »Ich wusste, dass du einverstanden bist. Deshalb...« Sie holt tief Luft. »Habe ich uns auch schon angemeldet.«

Ich stöhne auf. »Bin ich so leicht zu durchschauen?«

Sie lacht. »Meistens. Aber das macht dich so liebenswert.«

Die Tage vergehen schneller als ich gedacht habe. Meine Motivation hält sich zwar in Grenzen, wenn ich an das Camp denke, aber andererseits bin ich auch froh, mal wieder rauszukommen. Meiner Mutter geht es schon ein bisschen besser, aber wir wissen alle, dass wir froh sein können, den Urlaub abgesagt zu haben. Marie allerdings freut sich wie ein kleines Kind. Wir telefonieren jeden Tag und schreiben Listen. Packlisten. To -do Listen. Einkaufslisten. Als der Tag der Abfahrt gekommen ist, fährt Maries Vater uns zum Bus, in dem wir uns in die letzte Reihe setzen. Vor uns sitzt eine Clique aus Jungs und Mädchen, die sich angeregt unterhalten.

»Hi«, ruft Marie und beugt sich über den Sitz. Ich schaue genervt aus dem Fenster und bereue sogleich, mitgefahren zu sein. Wäre ich nur zuhause geblieben, denke ich und lehne mich zurück. Der Bus fährt fast vier Stunden, die ganze Zeit schallen uns laute Sommerhits entgegen, bis wir vor der großen Jugendherberge halten. Sie liegt nah am Strand, sieht sogar gepflegt aus. Schöner jedenfalls als die, in die wir mit der Schule immer fahren. Vor der Herberge ist ein großer Platz mit einem schönen Brunnen. Marie zieht mich hinter sich her und beginnt sofort ein Gespräch, als wir wenig später auf dem Zimmer sind und Nathalie und Svenja kennenlernen.

»Wir spielen schon seit sechs Jahren Tennis und ihr?« Svenja, sie hat lange blonde Haare und entspricht genau meinen Vorstellungen von einem braven Töchterchen, das jede Woche vier Mal zu Papis bezahltem Training geht.

»Elizabeth ist noch Anfängerin. Ich spiele seit drei Jahren«, lächelt Marie.
Ich bin ein bisschen verärgert, weil sie so ehrlich ist und mich als kompletten Loser darstellt. Auf der anderen Seite würden sie mich spätestens am nächsten Tag als solchen enttarnen. Nach dem Abendessen verschwinde ich auf das Zimmer.

Ich habe irgendwas gegessen, was mir nicht gut bekam und habe entsetzliche Magenkrämpfe.

Marie bietet an, bei mir zu bleiben, doch ich möchte lieber alleine sein.

Am nächsten Morgen sind wir dann allerdings früh am Strand. Dort sind große Netze aufgebaut, die bereits von den ersten eingespielt werden. Ich sitze auf einem Badetuch und starre missmutig aufs Meer. In der Hand halte ich einen dieser Romane, den ich von Marie ausgeliehen habe.

»He« Ich höre hinter mir ein Pfeifen und drehe mich um, obwohl ich mir sicher bin, dass man mich nicht gemeint haben kann. Ich bin sicherlich Luft für andere. Die Clique von gestern Abend steht vor mir. Ein Junge grinst: »Wie heißt du?«

»Liz«, murmele ich und versuche nicht zu verkrampft auszusehen.

»Hi Liz, ich bin Daniel. Was liest du denn da?«

»Eigentlich nichts.« Ich schlage das Buch zu und lege es neben mich.

»Lesen ist doch langweilig. Magst du mit uns ins Wasser gehen?«

Ich zucke mit den Schultern. Eigentlich bin ich nicht so die Wassernixe... Ich mag es nicht, vor anderen zu stehen, wenn ich so wenig bekleidet bin.

»Okay.« Hilfe, denke ich. Das habe ich doch nicht wirklich gesagt. Doch. Habe ich. Jetzt ist es zu spät. Ein Rückzieher würde noch seltsamer wirken, als die Tatsache, dass ich immer noch stocksteif am Strand stehe. Ob es auffällt, wenn ich im Handtuch gewickelt zum Wasser laufe und es dann nur schnell abstreife? Ich überlege nicht lange, wickele mir das Strandhandtuch um den Körper und schlüpfe aus dem T-Shirt.

»Wer zuerst im Wasser ist.« Ich habe mich lange nicht mehr so spontan empfunden. Schon allein die Tatsache, dass ich mit Fremden gesprochen habe, bringt mich durcheinander. Aber es gefällt mir. Wir schwimmen nebeneinander her, tauchen und sammeln unter Wasser Muscheln und schöne Steine. Daniels bester Freund Jan hat ein Schnorchelset dabei und zeigt uns, wie wir damit umgehen können. Die Sonne strahlt am Himmel, als sei auch sie erfreut über meine ausgelassene Stimmung und den kleinen Sommerflirt. Als wir alle auf unseren Handtüchern liegen, beschließt Daniels bester Freund uns ein paar Drinks zu holen. Die anderen laufen ihm hinterher und auf einmal sind Daniel und ich alleine.

Plötzlich geht alles ganz schnell. Daniel beugt sich nach vorne, ich spüre seinen Atem ganz nah und rieche sein Aftershave. Mein Herz klopft. Das ist also dieser Moment, auf den jedes Mädchen wartet?

Ich weiß nicht, was ich denken soll, fahre auf einmal blitzartig zurück und drehe mich um.

»Marie wartet«, stottere ich und springe auf. Wo ist Marie?

Trotz meines verwirrten Abganges, geht es mir den ganzen Tag über viel besser als sonst.

Auch Marie scheint sich über meinen Sinneswandel zuerst zu freuen. Erst als sie versteht, dass ich ihn diesem Daniel zu verdanken habe, hakt sie nach. „Er hat kastanienbraune Augen, riecht nach Holunder und er liest nicht gerne."

»Er liest nicht gerne?«, wiederholt sie entsetzt. Nach ein paar Sekunden Pause, die sie als deutliches JA wertet, frage ich, was denn dagegenspreche.

»Was dagegen spricht?«, fragt sie entsetzt.

»Mensch, Marie, hat irgendwer auf eine Wiederholungstaste gedrückt oder wieso wiederholst du meine Sätze?«

»Das kann doch nicht dein Ernst sein. Was bildet sich dieser Typ überhaupt ein? Zuerst will er meine Freundin daten, dann auch noch an diesem Abend, obwohl du mir versprochen hast, mit mir und den anderen etwas trinken zu gehen und dann LIEST er NICHT gerne? Das geht ja mal gar nicht.«

»Abschießen!«, ruft sie.

»Abschießen?« Jetzt bin ich es aber, die wiederholt.

Sie nickt heftig.

»Wieso?«

»Möchtest du eines dieser Mädchen werden, das sich mit ihrem Freund nur zum Videospielen trifft oder willst du eine glückliche Beziehung führen?«

Manchmal spielt Marie sich wirklich auf, weil sie schon 16 ist und ich erst ein Jahr jünger. Aber ich habe schon Erfahrung mit Typen, die es nicht ernst meinen. Nein, nicht DIE Erfahrung, denn ich bin nämlich mein ganzes Leben schon Single.

Aber meine Cousine Lene. Die hat mir stundenlang die Ohren vollgeheult, als mit Timo Schluss war. Also... Ich kenne mich aus. Trotzdem schüttelt Marie nur den Kopf und seufzt: »Lass dir von so einem nicht das Herz brechen... Verstanden?«

Es ist, als sei diese Botschaft nicht richtig bei mir angekommen. Als ich am nächsten Morgen auf Daniel treffe, klopft mein Herz so schnell, dass ich fürchte umzukippen.

»Du benimmst dich wie eine Sechstklässlerin«, schimpft Marie. Sie wirkt, als habe sie unglaublich schlechte Laune, seit wir über Daniel gesprochen haben.

»Das stimmt überhaupt nicht«, sage ich und versuche über die Köpfe der anderen einen Blick auf Daniel zu erhaschen.

Marie verdreht die Augen. »Gleich fällt dein Telle...«

Es scheppert. Ich habe ein Glas Cola vom Tisch gestoßen und werde puterrot.

Wenigstens sieht Daniel sich nach mir um und grinst. Wie peinlich, denke ich und lächele verlegen zurück. Marie stöhnt. »Das ist ja schlimmer als bei Rosamunde Pilcher mit dir.«

»Ich mag die Serie.«

»Wer hätte das gedacht«, brummt sie und versucht mit einer Serviette den Schaden zu begrenzen, den ich mit dem umgefallenen Glas angerichtet habe.

Ich kriege beim Essen kaum etwas herunter, muss die ganze Zeit an Daniel denken. Ob er mich hübsch findet? Ich fahre mir durchs Haar und stelle fest, dass ich vergessen habe, meinen Bikini unter das Shirt zu ziehen.

»Vielleicht sollte ich gleich doch noch mal nach oben«, murmele ich und stehe sofort auf. »Bin gleich wieder da.«

Ich höre Schritte im Flur. Zuerst glaube ich, dass es die Putzfrau ist, aber dann merke ich, dass es mehrere sind, die sich nähern. Reflexartig, als würde ich etwas Verbotenes tun, springe ich zur Seite und verstecke mich hinter einem großen Blumentopf. Daniel ist wie erwartet nicht alleine.

Ein blondes Mädchen ist bei ihm. Sie ist groß, dünn und trägt eine kurze Markenshorts. Wobei die Bezeichnung Shorts noch reichlich untertrieben ist, da die Hose die Länge einer Unterhose kaum überschreitet. Ich schlucke, nehme im Augenwinkel wahr wie Daniel sie gegen eine Wand presst und sie dann einfach so küsst. Ich halte die Luft an, muss aufpassen, nicht laut aufzuschreien. Die beiden sehen aus, als würden sie einander auffressen wollen. Ich möchte weglaufen, heulen und vor allem... Möchte ich zu Marie.

Zu Marie, der ich eine eigene Beziehung ausreden wollte. Zu Marie, die die ganze Zeit recht gehabt hat, dass ich anstrengend bin. Ich habe versucht sie von meinem Bruder fern zu halten, weil ich egoistisch gewesen bin. Und nun habe ich Marie selber im Stich gelassen. Für einen Jungen, der es nicht einmal wert ist.

Ich krieche aus meinem Versteck, bücke mich kurz und murmele etwas wie: »Da ist ja mein Ohrring.«

Dann stürme ich an dem beiden vorbei in Richtung Speisesaal zurück. Es tut mir alles so leid.
Marie wartet schon auf mich. »Was ist denn los? Du siehst ja aufgeregt aus.«
Ich nicke. »Ich glaube... Ich glaube, ich habe die ganze Zeit einen Fehler gemacht. Hast du zufällig Lust, gleich mit mir Tennis zu spielen?«

Nessa Maral
Sommerdate
Eine Kurzgeschichte zu
„Ben und Lotta – Gegenteile ziehen sich aus"

»Du planst tatsächlich etwas *Romantisches* zu machen? So richtigen Pärchen-Scheiß, wie du es immer nennst?«, fragte ich Ben irritiert und er nickte. Beinahe verzweifelt suchte ich nach dem dreckigen Grinsen auf seinem Gesicht, dass mir verraten würde, dass mein ach-so-toller-Freund nicht mit mir ausgehen würde. Dass er es nicht für richtig hielt, mit mir einen romantischen Nachmittag bei strahlendem Himmel zu verbringen. Doch das gesuchte Grinsen blieb verschwunden.

»Es ist mein Ernst. Ich will tatsächlich einen scheiß romantischen Mittag mit dir verbringen, was ist daran falsch? Schau, du hast frei. Ich hab frei. Die Sonne scheint. Such dir `nen hübschen Bikini aus und wir gehen schwimmen.« Skeptisch zog ich eine Augenbraue nach oben. Schwimmen? Hatte ich ihm nicht erklärt, dass ich Freibäder und Orte, an denen viel Haut gezeigt wurde, mied?

»Ich rede nicht von einem Freibad«, antwortete er beinahe so als würde er meine Gedanken lesen können, »ich dachte viel mehr an einen Waldsee, der etwas außerhalb liegt. Ich war als kleines

Kind dort öfters und wir sind hundert pro ungestört. Was hältst du davon?« Ich musterte ihn einen Moment lang skeptisch, dann nickte ich.

Wenn er sich schon so anstrengte, dann sollte er seine Chance bekommen. Wir waren jetzt drei Monate zusammen und Ben hatte immer noch Probleme damit sich einzugestehen, dass er eine Freundin gesucht hatte, die eben anders tickte.

Ich meine, ich hatte eben meine kleinen, dunklen Geheimnisse und ich war nicht sehr erpicht darauf, dass die gesamte Öffentlichkeit es erfuhr.

Ben grinste zufrieden und strich sich eine der Haarsträhnen zurück, die sich aus seinem perfekt gestylten Haar gelöst hatten. Er trug eine dunkle Fliegersonnenbrille und trug außer Shorts und Flip-Flops nichts, was mich aber nicht im Geringsten störte. Zu gerne betrachtete ich seinen muskulösen Körper und das faszinierende Tattoo auf seiner Brust und Rücken, das im Bund der tief sitzenden Shorts verschwand. Ich leckte mir unbewusst über die Lippen, das Bens Grinsen um einiges breiter werden ließ. Er stand drauf, wenn er mich erwischte wie ich ihn anschmachtete und ich, tja ich war zu stolz um es offen zuzugeben, dass mein Freund ein heißer Leckerbissen war.

»Du starrst schon wieder, Lotta«, merkte er an und ich fühlte mich erwischt. Dennoch straffte ich meine Schultern und schob die Sonnenbrille nach oben. »Klar, ich starre immer. Du läufst leider nur neben mir, sonst würde ich dir auf den Arsch starren, wenn dir das lieber ist«, antwortete ich cool und Ben lachte, dann trat er tatsächlich einige Schritte nach oben und ging mit betont schwingenden Hüften – was verdammt tuntig aussah – vor mir her. Gelegentlich fragte ich mich, ob er nicht schon immer ein bisschen tuntig veranlagt war oder ob er diese klischeehaften Charakterzüge erst entwickelte, nachdem er eine Beziehung mit mir eingegangen war. Immerhin wurde man nicht jeden Tag plötzlich von einer Frau wie mir umgeworfen.

Ich lachte und Ben drehte sich um, sodass er einige Schritte rückwärtsging, dann blieb er stehen und zog mich in seine Arme. »Ich bin froh, dass du mir eine Chance gibst«, flüsterte er und verschloss unsere Lippen zu einem Kuss. Ich spürte seine Hände an meinem Rücken, die langsam nach unten wanderten und grinste in den Kuss. Scheiß Macho.

»Ich dachte wir wollten schwimmen gehen, nicht fummeln?«, fragte ich keck und er löste sich von mir, drehte sich schulterzuckend um, die Mundwinkel noch immer steil nach oben gerichtet.

Er führte mich zu einer Lichtung, deren Mittelpunkt ein grün-schimmernder Waldsee bildete. Wundervoll, schoss es mir durch den Kopf und ich ließ mich ins Gras sinken und warf meine Sandalen ins Eck. Nichts war schöner als Gras unter den Füßen und ein kühles Nass in der Nähe. Ben hatte seine Flip-Flops und die Brille ebenfalls von sich geworfen und steuerte schon auf den See zu. Er grinste mich über die Schulter selbstsicher an, dann versank er mit einem eleganten Hechtsprung im See. Ich beobachtete ihn und blickte mich um. Langsam ging ich an den Rand des Wassers, darauf bedacht nicht nass zu werden, dann setzte ich mich an den Rand und ließ meine Beine ins Wasser hängen. Ben beobachtete mich aus der Ferne als er auftauchte, nur um sogleich wieder abzutauchen. Ich griff nach einem Gänseblümchen neben mir und nach noch einem und begann einen Blumenkranz zu flechten, während ich mich im Wasser abkühlte. Nach einigen Minuten kam Ben zu mir geschwommen und beobachtete mich.

»Dir muss ja wirklich langweilig sein. Willst du nicht reinkommen? Es ist wunderbar kühl«, antwortete er und zwinkerte mir zu. Dann zog er sich nach oben und setzte sich neben mich. Ich verdrehte die Augen und beobachtete ihn, wie er sich das Haar zurückstrich. »Denkst du wirklich, ich stehe drei Stunden vor dem Spiegel und gehe dann schwimmen, nur das ich nachher aussehe wie ein Panda? Und wer sagt denn, dass ich, wenn ich mal drin war, meine Frisur wieder so hinbekomme …«, begann ich, doch seine Lippen hatten soeben die meinen verschlossen. Genüsslich schloss ich die Augen und erwiderte den Kuss.

Idiot. Dann spürte ich wie seine Hand zu meinen Haaren wanderte und mit einem Ruck war die Perücke vom Kopf. Erschrocken riss ich die Augen auf, was ein Fehler war, denn Ben hatte mich schon an der Hüfte gepackt und ließ sich seitlich ins Wasser fallen. Mich damit eingeschlossen.

Ich tauchte auf und sah nach Ben, doch dieser war bereits in die Mitte des Sees geflüchtet und lächelte wie ein Breitmaulfrosch in meine Richtung. »Du Vollidiot. Hatte ich nicht gesagt, dass ich nicht rein will? Ich sehe furchtbar aus! Und Klamotten zum Wechseln habe ich auch nicht dabei«, knurrte ich und Ben lachte. »Komm runter, du siehst super aus. Und wenn du dir nachher mit deinem Kleid die Schminke wegwischt und deine Haare in die Tasche packst, kannst du von mir ein T-Shirt haben und meine Jeans und schon merkt keiner, dass du es bist«, schlug er vor und ich funkelte ihn wütend an. Mistkerl!

Er wusste doch ganz genau, dass ich nicht als Mann durch die Gegend rennen wollte. Aber nun blieb mir ohnehin nichts anderes übrig. Versöhnlich kam er näher geschwommen und strich mir das Blonde, schon wieder viel zu lange Haar nach hinten.

»Ich finde dich, wenn ich ehrlich bin, mit nassen Haaren und mit verschmierter Schminke ganz süß. Hat was«, hauchte er und küsste mich kurz. Ich seufzte.

»Du musst mich nicht als Alex mögen. Du weißt, dass ich mich selbst nicht mag«, antwortete ich und er nickte, doch sogleich schüttelte er den Kopf.

»Genügt es dir nicht, wenn ich dir sage, dass ich dich als Lotta und als Alex liebe?«

Ein kaum merkliches Lächeln schlich sich auf meine Lippen. Es war das erste Mal, dass er mir sagte, dass er mich liebte.

Und von diesem Mittag an wusste ich, dass unsere Beziehung nicht wie eine Pusteblume enden würde und selbst wenn, würden die Fallschirme die Samen unserer Liebe in die Welt tragen.

Ich würde mit Ben überall hin gehen. Denn ich wusste, dass dies der beste Sommer unseres Lebens war.

Lissianna Karges
Sommerliebe

»Lea, du musst zu meiner Poolparty kommen! Ohne dich ist es nicht dasselbe.« Ich wechsle den Telefonhörer in die andere Hand und öffne den Kühlschrank. Ich brauche bei dieser Hitze unbedingt etwas Kühles zu trinken.

»Aber ich mag keine Partys, das weißt du doch. Da sind mir einfach zu viele Leute. Ich helfe dir bei den Vorbereitungen und dann bin ich wieder weg.« Ich mag es einfach nicht vor so vielen Leuten, die ich nur aus der Schule oder gar nicht kenne, im Bikini herumzulaufen. Anne weiß das eigentlich auch, dennoch versucht sie immer wieder mich dazu zu bringen, ja zu sagen und bis jetzt hast sie es noch immer geschafft.

»Bitte, es wird super, versprochen, so wie immer, du kennst doch meine Partys. Pack deine Sachen und komm zu mir.« Sie lässt einfach nicht locker, aber Anne liebt nun mal einfach jede Party, egal ob sie sie organisiert oder nur besucht.

»Eben weil ich deine Partys kenne, weiß ich, dass ich darauf absolut keine Lust habe.«

»Komm schon Lea, bitte!? Markus kommt auch.«

Das verschlägt mir die Sprache, denn für ihren Bruder schwärme ich schon länger. Damit hat sie mich so gut wie überredet und das ist ihr absolut klar, wie ich an ihrem Lachen hören kann.

»Also Lea, sagst du nun ja?« Unentschlossen laufe ich in der Küche auf und ab. Wenn Markus da ist muss ich unbedingt hin, denn dann besteht die winzige Chance, dass er mich dieses Mal endlich bemerkt.

»Ok ich bin dabei. Habe mir den neuen Bikini ja nicht umsonst gekauft.«

Außerdem kann ich Anne einfach nie etwas abschlagen. So lande ich jedes Jahr auf ihren Poolpartys, obwohl ich mir immer vornehme nicht hinzugehen. Wir kennen uns schon seit unserer Kindheit und sind wie Schwestern.

»Juchuu,« jubelt sie lachend.

»Ok, ich mache mich gleich auf den Weg zu dir.« Anne steckt mich mit ihrem Lachen an und dann legen wir beide auf.

Ich ziehe mir meinen neuen türkisfarbenen Bikini an, packe meine Sachen und mache mich auf den Weg zu Anne. Zehn Minuten später klingele ich und als sie die Tür öffnet, fällt sie mir um den Hals. »Oh ich freue mich so, das wird ein fantastischer Tag.«

Manchmal ist ihre gute Laune schwer zu ertragen, doch heute macht es mir nichts aus.

Ich bringe meine Sachen in ihr Zimmer und als ich zurück in die Küche komme um Anne zu helfen kommt mir ihr Bruder Markus entgegen. Ich wusste nicht, dass er auch hier ist, aber ich freue mich darüber.

Anne wirft mir einen Blick zu und lacht. »Starr ihn doch nicht so offensichtlich an. Er ist nichts für dich.«

»Aber er ist heiß.«

»Dich hat es echt erwischt.«

Wir beide lachen und machen uns dann daran alles für die Party herzurichten.«

Markus sehe ich die restliche Zeit über nicht mehr. Ich hoffe, das er später kommt, wenn es richtig los geht.

Langsam kommen die Gäste und nachdem endlich alle von Anne begrüßt wurden und sich der Garten langsam füllt, lege ich mich mit Anne in die Sonne.

Vielleicht schaffe ich es ja heute mal braun zu werden, denn bis jetzt habe ich noch nicht wirklich Zeit dazu gefunden, ein Sonnenbad zu nehmen.

Als uns nach einer Weile zu warm wird, springen wir in den Pool und albern mit anderen Freunden herum. Es ist einfach ein toller Tag und ich bin froh doch zugestimmt zu haben. Annes Partys sind einfach immer wieder toll.

Doch ich muss immer wieder an Markus denken, seit ich ihn heute Mittag gesehen habe, geht er mir nicht mehr aus dem Kopf. Aber ich traue mich nicht Anne zu fragen, ob er noch kommt, denn dann würde sie endgültig merken, dass ich ihn mehr mag als ich zugeben will. Und ich weiß ja, dass sie ihn für den absoluten Aufreißer hält, denn soweit ich weiß, hatte er noch nie eine Beziehung, die länger als ein paar Monate gehalten hat. Aber das hält mich nicht davon ab von ihm zu schwärmen. Und ich habe das Gefühl, dass er einfach nur noch nicht die Richtige gefunden hat.

Wieso sollte ich es dann nicht einfach mal versuchen? Gerade als ich noch so in Gedanken bin platscht etwas neben mir ins Wasser und ich schrecke auf. Kurz darauf taucht Markus aus dem Wasser neben mir auf und grinst mich an.

»Na, da habe ich dich wohl erschreckt.«

Ich starre auf seinen nackten und muskulösen Oberkörper. Verlegen merke ich das mein Gesicht heiß wird und ich erröte. »Ein wenig.«

Doch er lacht nur noch lauter und spritzt mich nass. Bevor ich mich davor in Sicherheit bringen kann geht im Pool eine regelrechte Wasserschlacht los und wir haben einen Heidenspaß. Als sich dann alle ausgepowert haben und langsam wieder Ruhe einkehrt, kommt er zu mir.

»Lea, hast du Lust ein Eis mit mir zu essen?«

Ich lächle und sage: »Sehr gerne.«

Er schwimmt zum Rand und steigt aus dem Wasser. Ich komme etwas langsamer hinterher und werde von Anne aufgehalten als ich gerade aus dem Wasser steige. »Bist du sicher, dass du Zeit mit meinem Bruder verbringen willst?«

»Warum nicht? Wir essen doch nur Eis zusammen.«

Sie schüttelt nur den Kopf. »Wenn du meinst, aber sag nachher nicht, ich hätte dich nicht gewarnt. Aber nun hab Spaß.«

Sie lächelt mich noch mal an und ich steige aus dem Pool wo Markus steht und mir ein Handtuch entgegenhält. Eine sehr nette Geste oder einfach nur eine Masche um mich herumzukriegen. Aber egal, ich kann ja sehen, wie sich das alles entwickelt. Ich gehe mit ihm zusammen zu den Liegen und setze mich in den Schatten. Markus legt sein Handtuch auf die Sonnenliege neben mir und lächelt. »Dann besorge ich uns mal ein Eis aus der Küche. Irgendwelche Wünsche?«

»Ja, am liebsten Schokoladeneis.«

»Das sollte kein Problem sein.« Mit den Worten verschwindet er durch die Terrassentür nach drinnen.

Ich lege mich hin und schließe kurz die Augen. Dann höre ich Schritte und kurz darauf wieder dieses Lachen, das ich so mag. Markus hat sich neben mich gesetzt. »Na, du Schlafmütze.«

Ich sehe zu ihm. »Ich habe nicht geschlafen.«

»Du wärst bestimmt gleich eingeschlafen. Auf jeden Fall sahst du süß aus.«

Verlegen wende ich den Blick ab, das war das erste Kompliment, das er mir gemacht hat. Als ich wieder aufsehe, reicht er mir einen Eisbecher, der mir das Wasser im Mund zusammenlaufen lässt. Schokoladeneis mit Sahne, Schokosoße und bunten Streuseln, damit hätte ich jetzt nicht gerechnet. Sein Eisbecher sieht genauso toll aus, außer dass er Vanilleeis hat. »Ich hoffe so war das richtig.«

»Klar, aber der sieht aus wie aus einer Eisdiele.« Ich nehme ihn entgegen und bemerke wie er lächelt. »Es hat sich wohl gelohnt da zu jobben.« Überrascht sehe ich zu ihm während ich den ersten Löffel Eis esse. »Du hast Eis verkauft?«

»Ja habe ich und es hat Spaß gemacht. Und mein Taschengeld habe ich mir damit auch super aufbessern können.«

»Da kann mein Ferienjob nicht mithalten.«

»Was hast du denn gemacht?«

»Kleidung bei meiner Mutter in der Boutique verkauft. Also nichts Besonderes.«

»Finde ich schon, du hilfst deiner Mutter. Viele wollen ja einfach nur ihre Ferien genießen und lassen sich von ihren Eltern alles bezahlen. Toll, dass du nicht so bist.«

Noch ein Kompliment, nun geht er aber aufs Ganze. Ich sehe rüber zum Pool und bemerke, dass Anne uns misstrauisch beobachtet. Markus folgt meinem Blick und winkt seiner Schwester zu, die sich ertappt wegdreht. »Ich glaube meine liebe Schwester ist nicht begeistert davon, dass ich Zeit mit dir verbringe.«

»Warum sollte sie?«

»Vielleicht denkt sie, dass ich dich einfach nur rumbekommen will.«

Ich sehe auf und blicke ihm direkt in die Augen.

»Und willst du?«

»Gerade bin ich zufrieden damit, einfach nur hier zu sitzen und mich mit dir zu unterhalten. Mehr habe ich gerade nicht im Sinn, aber man kann ja nie wissen.«

Ich unterhalte mich die ganze Zeit mit ihm während wir beide unser Eis essen und einfach die Zeit genießen.

Ich verputze das ganze Eis und bemerke, dass Markus mich komisch mustert. »Was denn?«

»Ich dachte echt nicht, dass du das Eis ganz aufisst.«

»Ich bin keine, die sich nur von Salat und Wasser ernährt.«

»Finde ich super, bis jetzt hat noch keine meinen Eisbecher ganz verputzt. Die meisten essen nur ein paar Löffel.«

»Du hast jeder Eis gemacht?« Toll das finde ich jetzt nicht super, denn ich habe gedacht, dass er das nur für mich gemacht hat. Doch der nächste Satz beruhigt mich wieder.

»Sicher, denn das ist das Einzige, mit dem ich angeben kann. Denn wer kann schon so tolle Eisbecher machen.«

Damit bringt er mich zum Lachen. »Ich denke du kannst sicher noch mehr, aber das Eis war echt fantastisch.«

Nachdem er die leeren Becher nach drinnen gebracht hat kommt er wieder und setzt sich wie selbstverständlich zu mir auf die Liege und greift nach der Sonnencreme, mit der ich mir gerade die Arme eingecremt habe. »Komm her, ich mach das für dich.« Lächelnd drehe ich ihm meinen Rücken zu. Ich hätte niemals damit gerechnet, dass seine Hände so sanft sein können, aber ich genieße seine Berührungen regelrecht.

Seine Hände wandern zu meinen Schultern die er mir auch eincremt und dann spüre ich seine Lippen an meinem Hals. Ich lasse mich total fallen, freue mich, dass er mich anscheinend gerne berührt und dann flüstert er mir etwas zu.

»Magst du dich umdrehen, dann creme ich dich weiter ein.«

Verwundert drehe ich mich zu ihm um. Er lächelt mich an und sagt: »Nur eincremen, sonst habe ich nichts vor. Versprochen.«

Ich nicke und er reibt mir meine Beine ein, doch je höher seine Hand wandert desto nervöser werde ich. Er hält inne und sieht zu mir. »Entspann dich.« Und dann schenkt er mir das schönste Lächeln, das ich je von ihm gesehen habe. Immer mehr habe ich das Gefühl, dass da auch von seiner Seite etwas mehr ist. Ich hoffe so sehr, dass er auch Gefühle für mich hat. Er cremt mich weiter ein und dann sogar meinen Bauch.

Unerwartet beugt er sich über mich und küsst mich. Damit habe ich nun gar nicht gerechnet, aber es ist schön und so erwidere ich seinen Kuss. In dem Moment vergesse ich alles um uns herum, bis uns ein Räuspern aus dem schönen Moment reißt. Wir lassen voneinander ab und sehen, wer und gestört hat. Anne schaut uns überrascht an. »Ich wollte euch eigentlich gar nicht stören, aber ihr habt den ganzen Nachmittag geredet und zum Essen wollte ich euch dann doch rufen.«

Verlegen sage ich. »Danke.« Sie lächelt und schaut dann ihren Bruder an. »Wenn du ihr wehtust, dann bist du nicht mehr mein Bruder.«

Er sieht sie belustigt an. »Mach dir keine Sorgen Schwesterherz, ich werde Lea gut behandeln.«

Sie nickt und geht dann zurück zu dem anderen an den Tisch. Und jetzt bemerke ich auch dass es nach gebratenem Fleisch duftet und ich bekomme Hunger.

Ich greife nach meinem Sommerkleid und ziehe es über. Markus beobachtet mich und flüstert mir zu als er mir hoch hilft: »Wenn du magst, machen wir nach dem Essen da weiter wo wir unterbrochen wurden.«

Verlegen nicke ich und wir gehen zusammen zu den anderen. Anne hat sich wirklich selbst übertroffen. Es gibt Fleisch in allen möglichen Variationen und verschiedene Salate. Ich belade mir unter dem belustigten Blick von Markus den Teller mit einem Steak, Fleischspießen und einer guten Portion Salat. Einer von seinen Kumpels sieht zu mir und lacht laut auf. »Da hast du dir ja endlich mal jemandem mit gesunden Appetit ausgesucht. Finde ich super.«

Haben die etwa alle gesehen, dass wir uns geküsst haben? Bestimmt, denn wir lagen ja direkt am Pool wie auf dem Präsentierteller. Nachdem wir gut zugeschlagen haben, gehen die Jungs nochmal zum Grill, um noch eine Portion Fleisch aufzulegen. Anne rückt neben mich und lächelt.

»So wie es aussieht, hast du es geschafft meinen Bruder neugierig zu machen. So hab ich ihn noch nie erlebt. Er sieht mit einem total verliebten Blick zu dir, wenn du nicht hinschaust.«

»Bist du dir sicher?«

»Na was denkst du denn? Er ist schließlich mein Bruder, da merke ich, wenn etwas anders ist. Und ja, ich bin mir ziemlich sicher, dass er dich mag, und ich freue mich wirklich für euch. Und mein Bruder hat jemanden wie dich verdient, ich hoffe nur, dass es über eine Sommerliebe hinaus geht.«

»Das hoffe ich auch, ich mag ihn nämlich sehr.« Lächelnd werfe ich einen Blick zu den Jungs am Grill. Ich könnte Markus die ganze Zeit einfach nur ansehen, finde ihn einfach total hübsch. Jetzt kann ich wohl nicht mehr leugnen, dass ich mich in ihn verliebt habe und total aufgeregt wegen später bin. Der Kuss vorhin war ja schon toll.

Nachdem wir gegessen haben und der Tisch soweit aufgeräumt ist, lassen sich alle in Grüppchen am Pool nieder. Als ich zu Anne gehen will greift Markus nach meinem Arm. »Komm mit, ich wollte dir noch was zeigen.«
Ich drehe mich um und folge ihm weiter in den großen Garten hinein. Vor einer Bank, die umrahmt von Rosen ist, bleibt er stehen. Ich drehe mich staunend zu ihm um und bemerke, dass er eine Fernbedienung in der Hand hat. Kurz darauf leuchten überall winzige Lichter, wie die einer Lichterkette, auf und tauchen alles in ein romantisches Licht. Mir bleibt der Mund offen stehen und mir ist egal, dass er mich von der Seite her angrinst. So etwas Schönes hat noch nie jemand für mich gemacht. Nachdem Anne mal angedeutet hat, er wäre total unromantisch, freue ich mich nun umso mehr. Nachdem ich das ver-

arbeitet habe, führt mich Markus leise lachend zur Bank und wir setzen uns hin. »Damit hast du wohl jetzt nicht gerechnet? Schön dass ich dich überraschen konnte.«

»Ja das ist dir absolut gelungen, es gefällt mir wirklich sehr.«

Er zieht mich zu sich und legt einen Arm um mich. Ich lehne meinen Kopf an ihn und genieße einfach die Ruhe, die Stimmen der anderen hört man nur noch ganz leise im Hintergrund.

Er streichelt mir über den Rücken und küsst meine Haare. Als ich mich dann aufrichte und zu ihm hin drehe nähern wir uns langsam an und unsere Lippen finden zusammen. Wie auch schon vorhin verliere ich mich in dem Kuss. Es ist einfach so wunderschön endlich von ihm geküsst zu werden. Und wir können einfach nicht mehr voneinander lassen. Seine Hände wandern wieder über meinen Rücken und auch ich muss ihn nun einfach berühren. So sitzen wir eine Weile auf der Bank und küssen uns und sind uns einfach nur nahe. Leider wird unsere Zweisamkeit wieder gestört, denn es fängt an zu regnen. Und das so plötzlich, dass wir gar nicht die Chance haben uns irgendwo unterzustellen.

Wir sehen beide zeitgleich zum Himmel und lachen gleichzeitig auf. Markus legt mir die Decke um die Schultern und dann blitzt es auch schon. »Ich glaube wir verlegen das lieber nach drinnen.« Ich nicke und ziehe die Decke über meinen Kopf. Im selben Moment nimmt er die Fernbedienung und schaltet das Licht ab, bevor er sich auch unter der Decke vor dem immer stärker werdenden Regen in Sicherheit bringt.

Dann laufen wir zusammen auf das Haus zu und Anne öffnet uns die Terrassentür. »Da seid ihr ja, ich wollte euch schon suchen kommen.« Markus lacht. »Ich passe schon auf Lea auf. Wir sind dann oben.«

»Viel Spaß ihr beiden.«

Markus lässt sie Decke zu Boden fallen und nimmt mich an der Hand. »Magst du mit mir in mein Zimmer kommen?«

»Sehr gerne.« Ich lächle und er küsst mich, kurz bevor ich ihm nach oben folge. Ich hätte nie gedacht, dass der Tag so enden würde. Das wir uns heute näher gekommen sind macht mich unendlich glücklich und ist genau das, was ich mir von der Party erhofft habe.

Nele Růzička

Die Tradition

Schön war es. Schön war es... Mein Blick folgt vom Ende des dünnen Steinweges über die große Wiese. Ein paar Blumen da und ein paar normale freie Wiesenabschnitte dort. Hinter der Grünfläche erstreckt sich ein dichter Wald, doch davor erkennt man das Ziel unserer Reise. Wie er schimmert in der Mittagssonne, wie er so schön umrundet ist mit all den Gräsern und Blumen.

Sanft wiegt er hin und her mit dem Lied der Grashüpfer und Zikaden. Einzelne Schmetterlinge und Libellen fliegen durch die Luft und suchen sich einen schönen Ort. Einen schönen Ort wie diesen. So viele Erinnerungen stecken hier von Wanderern wie uns. Viele Menschen waren schon hier und werden wieder herkommen.

Langsam drehe ich mich und werde von der Pracht der Aussicht überrumpelt. Unglaublich die Natur, unglaublich diese Schönheit. Die Kornfelder erstrecken sich über Meilen und werden von weiteren Feldern umrundet. Es ähnelt einem Flickenteppich. Die Sonne steht hoch und die Vögel fliegen ihre Runden. Ich schließe die Augen und genieße die Wärme. Ein Lächeln schleicht sich auf meine Lippen.

»*Vicky!*«

Geschockt öffne ich meine Augen. Mein Herzschlag setzt aus und ich werde schlagartig traurig. Schön war es… Dieses Rufen… Es ist eine Narbe, welche niemals heilen wird. Eine, die man nicht sieht und dennoch für immer dein Leben prägt.

Eine Hand legt sich sanft auf meine Schulter und drückt sie kurz. Ich erhebe meinen Blick und schaue in das glückliche Gesicht meines besten Freundes. Seine grünen Augen funkeln und sein Grinsen geht ihm über beide Ohren. Dafür, dass er dieses Mal nicht mitkommen wollte, sieht er aber ganz schön froh aus. Wir drehen uns um und setzen unseren Weg fort. Das Hauptziel ist der einzige Platz ohne hohes Gras in dieser Gegend.

Der große Kirschbaum am Anfang des Waldes.

Es ist eine einzelne verirrte Kirsche, welche im Frühling so wunderschön ihre Blüten zur Schau stellt und im Sommer Wanderern eine gute Stelle zur Rast schenkt. Ehrfürchtig, wie jedes Mal, beobachten wir, wie die warme Brise sich ihren Weg durch die dicken Äste und kleinen Zweige kämpft.

Es ist nicht weit zu ihm, höchstens 200 Meter, aber die fast schon heiße Mittagssonne lässt uns doch ganz schön schnaufen. Lächelnd schaue ich zu Max, welcher sich gerade etwas Schweiß von der Stirn wischt. Er hat das meiste Gepäck von uns. Er hat darauf bestanden. Er besteht immer darauf. Seid wir Kinder waren! Wir haben nicht viel mit, nur das Nötigste, wie Trinken, ein paar Sandwiches, etwas Obst und unsere Kameras. Es sind keine besonders Teuren, aber sie erfüllen ihren Zweck. »Ich kann dir die letzten Meter auch noch was abnehmen«, pflichte ich bei, doch er dreht nur kurz seinen Kopf zu mir und sein Blick sagt mehr als tausend Worte. Ruhig lächle ich »Aber dann trage ich unser Zeug auf dem Nachhauseweg!« Daraufhin höre ich ein schlichtes »Jaja.« Und diese Unterhaltung ist fast schon wieder beendet. Es herrscht kurze Stille zwischen uns, doch er zerbricht sie wieder. »Wie geht es dir hiermit? Ich- ... Ich frage mich das jedes Mal und kann es einfach nicht erkennen.« Mein trauriges Lächeln kehrt zurück.

»Sind wir bald da?« nörgelt das schwarzhaarige Mädchen. Lachend antwortet der Junge, mit den grünen Augen »Mensch, Lisa! So schlimm ist es nun auch wieder nicht! Die Bewegung tut dir gut! Aber ehrlich, Vicky? Wie lange brauchen wir noch zu diesem ach so tollen Ort?« Er fuchtelt etwas unbestimmt mit seinen Armen durch die Luft. »Es ist nicht mehr weit!«, ertönt meine helle Stimme.

»Mir geht es gut. Wirklich. Es erinnert mich nur an sie.«

»*Wow! Das sieht ja wunderbar aus! Wie hast du das nur gefunden?"*« »Ich muss ihr Recht geben. Du hast nicht gelogen. Wie findest du nur immer solche Orte?«, grinst Max begeistert. Auch ich bin begeistert!

Es freut mich, dass es meinen besten Freunden gefällt! Dieser Ort versprüht einfach einen Hauch von Magie! All die kleinen Tierchen, welche durch die Luft fliegen oder springen und der erfrischende Duft von Blumen und Gras.

»Mich auch.. aber wir müssen stark sein. Sie hätte das auch gewollt!« Er grinst mir entgegen und ich muss mich unwillkürlich fragen, wo er diese Kraft und Power nur hernimmt. Wir kommen an dem großen Baum an und erschöpft lassen wir uns in das weiche Grün fallen. Der Schatten, der uns bedeckt, kühlt unsere Haut auf die perfekte Temperatur und schützt etwas vor der stechenden Sonne.

»Ha, Luft!«, keucht der Braunhaarige. Ich lache leise »Ja, herrlich.« Mein Blick richtet sich wieder in die Ferne, auf die zurückgelegte Strecke. »Wir waren heute ganz schön schnell!« Zustimmend nickt er. Wieder herrscht Ruhe, so angenehm und beruhigend. Einige Minuten der Rast vergehen bis ein Rascheln mich aus meiner Träumerei holt. Schnell schaue ich zu meiner Seite und erwische Maxi beim Auspacken des Essens. Wie auf Knopfdruck brummt mein Magen und ich werde grinsend gemustert. Kurz werde ich rot, doch fange darauf gleich an zu lachen.

»*Wann gibt's was zu essen?*« *Ein breites Grinsen strahlt mir entgegen. Ich kann nur mit dem Kopf schütteln und lächeln.* »*Ja, ja ist ja in Ordnung! Holt das ganze Zeug schon raus!*« *Schon süß, wie sie auf mein Einverständnis gewartet haben. Freudig stürmen meine beiden Anhängsel auf die Tasche zu. Wir sind zwar alle gleichalt, aber dennoch haben wir unsere Angewohnheiten und Macken.*

Gefräßiges Schweigen herrscht und nur das vereinzelte Zirpen oder der pfeifende Wind durchdringt die Ruhe, bis ich von etwas abgeworfen werde. Fragend drehe ich mich zu dem Übeltäter. Dieser grinst schlicht und meint

»Schau mal!« Verwirrt schaue ich, mit was er geworfen hat und erkenne vor meinen angewinkelten Beinen ein paar Kirschen. Mein Gesicht erhellt sich augenblicklich.

»*Max, das war unfair!*« »*War es gar nicht! Du bist einfach nur schlecht!*« *Frech streckt er mir die Zunge raus, währenddessen Lisa neben uns im Gras liegt und sich vor Lachen kugelt. Wir fallen in ihr Lachen mit ein und als wir wieder ruhig werden, steht die Schwarzhaarige auf und meint* »*Lasst mich auch mal!*« *Sie stellt sich an die Linie, welche wir mit runtergefallenen Ästen gelegt haben und kaut auf einer Kirsche herum. Sie legt ihren Kopf etwas in den Nacken und spuckt den kahlen Kern aus.* »*Hahaha! Ich gewinne!«, grinst sie freudig und über beide Ohren, derweil wir mit offenem Mund am Rand stehen. Wenige Sekunden vergehen und wir brechen wieder in Lachen aus.*

Schnell schnappe ich die beiden Kirschen und nehme eine in den Mund. Max hat in der Zwischenzeit eine Linie aus alten Ästen gelegt. Wir stellen uns beide an diese und schauen uns kurz in die Augen. Gleichzeitig nicken wir uns zu, drehen uns und spucken die Kerne aus. Wie immer gewinnt der Grünäugige, aber das ist nicht schlimm. Es ist Tradition geworden. So wie dieser ganze Ausflug. Es ist Tradition hier her zu kommen und die Kirschblüten und Felder zu betrachten, zu picknicken und Kirschkerne zu spucken. Es ist einfach Tradition und vielleicht auch ein letzter Wille, welcher von Jahr zu Jahr erfüllt wird. Nicht zu trauern und nie wieder zurückzukommen, sondern loslassen und froh über die Zeiten, die Guten wie die Schlechten, zu sein.

Ulrike Allert
Annie und Ben – Sommerzeit
Eine Kurzgeschichte zu
„Dein Herz und meine Seele"

»Ich denke, für heute hast du deine Nase genug in die Bücher gesteckt!«, redet Ben mir gut zu und legt das Buch, das vor mir liegt, behutsam zur Seite.

»Immerhin sind Semesterferien. Jeder andere hätte sie in die letzte Ecke geworfen und erst wieder herausgeholt, wenn er auf dem Kalender gesehen hätte, dass in zwei Tagen das College wieder losgeht! Streber!«, setzt er belustigt hinterher und erntet einen Blick, mit dem ich ihn sprichwörtlich töten könnte.

Ich sehe aus dem Fenster und bemerke erst jetzt, dass es das schönste Wetter ist. Ich stehe auf und öffne es, sauge sogleich die warme Sommerluft in meine Lungen. So ein wunderschöner Tag. Verträumt blicke ich hinaus auf den satten, grünen Rasen als ich Bens Atem in meinem Nacken spüre, gefolgt von einem sanft gehauchten Kuss. »Lass uns etwas unternehmen!«

»Und was schwebt dir vor?«, grinse ich vor mich hin während er meinen Hals küsst.

»Lass uns etwas machen, was wir noch nie zusammen gemacht haben!« Ich überlege und krause meine Lippen, lege meinen Zeigefinger auf sie bevor mir eine Idee kommt.

»Mary hat letztens von einem Tretbootverleih ganz hier in der Nähe erzählt. Das wäre doch etwas. Ich bin noch nie Tretboot gefahren!«, berichte ich begeistert und bin aufgeregt wie ein kleines Kind am ersten Schultag.

»Du hast fast alles noch nie gemacht, Annie! Es ist nicht wirklich schwer, dich mit etwas Neuem zu begeistern«, ärgert er mich und piekt mir mit dem Zeigefinger in die Seite, sodass ich mich vor Lachen krümme und schützend die Hand in seine Richtung hochhalte.

»Das war nicht gerade nett, Mister!«, gebe ich zurück und ziehe einen Schmollmund, von dem ich genau weiß, dass er ihn wahnsinnig macht.

Er beißt sich auf die Unterlippe und kommt auf mich zu, legt seine Hand an meinen Rücken und drückt mich fordernd an sich.

»Ich liebe dich, weißt du das eigentlich?«, haucht er mir entgegen, ehe er seine Lippen auf meine legt und mich zärtlich küsst.

»Ich liebe dich auch, Ben!«

Minuten später erst lösen wir unseren leidenschaftlichen Sommerkuss, machen uns fertig und gehen hinaus, wo ich meinen Augen kaum Glauben schenken kann.

»Du kannst deinen Mund wieder zumachen«, witzelt Ben, als er zum Auto geht und mir die Tür öffnet.

»Woher hast du…?« Außer Stande klare Worte zu bilden, gestikuliere ich mit meinen Händen und deute mit dem Kopf in Richtung dieses geilen Gefährts. Ein Cabrio. Ein rotes noch dazu. Augenblicklich stelle ich mir vor, wie der Wind durch meine Haare saust und die Sonne meine Arme wärmt.

»Von meinem Vater. Er bewegt ihn kaum noch, da habe ich gedacht, ich leihe ihn mir eine Weile aus. Und lass mich raten«, er hält den Zeigefinger wissend in die Luft, »du bist noch nie Cabrio gefahren, schon gar nicht ein rotes, hab ich Recht?« Er keift ein Auge zusammen, streckt mir frech die Zunge heraus. Ich tue es ihm gleich und setze mich in das offene Auto. Die Ledersitze kleben kühl an meinen Oberschenkeln, mit den Fingern fahre ich über die raue Armatur. Ben nimmt auf dem Fahrersitz Platz und startet den Motor, lächelt mich an und drückt aufs Gaspedal, sodass mir im nächsten Augenblick ein Kribbeln in den Magen fährt, das mich zum Grinsen zwingt. Der Tretbootverleih ist einige Kilometer von uns entfernt. Ich lehne mich zurück in meinen Sitz, spüre den Wind in meinen

Haaren, der sie zerzaust. Ich will noch nicht daran denken, wie ich wohl aussehen mag, wenn wir angekommen sind. Über uns blinzelt die Sonne durch das grüne Blätterkleid der Bäume.

Ich schließe die Augen und genieße das Gefühl von Unbeschwertheit und Freiheit. Nichts ist wichtig. Nur dieser Augenblick, in dem ich mit meinem Liebsten in diesem absolut tollen Wagen sitze an diesem absolut geilen Tag, der besser kaum sein könnte.

Bens Hand auf meinem Oberschenkel holt mich zurück ins Hier und Jetzt.

»Wir sind da«, sagt er lächelnd und deutet auf den Bungalow am Waldrand. Nachdem der Wagen geparkt und das Verdeck geschlossen ist, nimmt Ben meine Hand und wir gehen gemeinsam auf das kleine Holz- Häuschen zu. Die Dielen knarren unter unseren Füßen. Aus geringer Entfernung vernehme ich Gelächter und Gekreische. Dort hinten auf dem See mache ich zwei Tretboote mit Jugendlichen aus, die bereits ihren Spaß haben. Ich bin gespannt, was mich erwartet.

Ben war nicht davon abzubringen, das dunkelblaue Boot zu nehmen, obwohl ich eher zum roten tendiert hatte. *Blau ist das neue Rot* waren seine Worte auf mein Gebettel und nur widerwillig konnte ich die Entscheidung hinnehmen.

»Darf ich bitten?« Er streckt mir die Hand aus, um mir auf das Boot zu helfen und dankend lehne ich ab. Eine Weile werde ich ihm noch meinen wohlgeformten Schmollmund präsentieren. Kaum dass wir sitzen, übernimmt Ben bereits das Kommando.

»Erstmal rückwärts!« Schwerer als gedacht. So sehr ich kann drücke ich meine Füße in die Pedale und habe doch das Gefühl, das Ben das meiste der Arbeit übernimmt. Doch diese Blöße will ich mir nicht geben und stemme meine Hände auf den Sitz, kralle mich darin fest.

»Und jetzt vorwärts!«, weist er mich an und ich gebe alles, was ich eben geben kann. Das Wasser rauscht durch die Schaufelräder und immer schneller kommen wir voran, fahren weiter in die Mitte des Sees. Die Sonne brennt heiß auf meinen Armen und auch Ben stehen die Schweißperlen auf der Stirn. Nachdem auch er mächtig aus der Puste ist, lassen wir uns treiben und blicken uns gegenseitig in die hochroten Gesichter, ehe wir in lautes Gelächter ausbrechen, das über den ganzen See zu schallen scheint.

»Abkühlung gefällig?« Ben zieht prüfend die Augenbrauen hoch, wohl wissend, dass ich einen Bikini unter meinem blauen Kleid trage. Ich streife es von meinem Körper und springe ohne

Vorwarnung ins erfrischende Nass. Gott, tut das gut.

»Nun komm schon rein!,« rufe ich Ben zu, der immer noch ziemlich verdattert dreinschaut.

»Du wolltest doch eine Abkühlung oder nicht?«, lache ich ihm entgegen woraufhin er Hemd und Hose auszieht und verlockend, die Hände in die Hüften gestemmt, auf dem blauen Tretboot steht. »Worauf wartest du?«, frage ich herausfordernd. »Darauf, dass du dich endlich an mir sattgesehen hast«, gibt er witzelnd zurück und springt vor mir ins Wasser. Kurze Zeit später taucht er auf, umschlingt meine Oberschenkel mit seinen Händen und setzt mich auf seinen Schoß, um mich zu küssen als mein Magen grummelt.

»Hunger?« Ich nicke.

»Ein wenig.«

Mit nassen Badesachen nehmen wir Kurs aufs Festland am anderen Ende des Sees und breiten dort unser Picknick auf einem großen hölzernen Tisch aus. Ein paar Meter entfernt spielen Kinder auf einem kleinen Spielplatz, die Eltern liegen im Schatten und genießen die Zweisamkeit. Kinder könnte ich mir mit Ben gut vorstellen. Irgendwann einmal.

»Woran denkst du?«, fragt er neugierig als er meinen Blick bemerkt.

»An Kinder«, gebe ich ehrlich zurück, »daran, ob wir einmal welche haben werden«, setze ich hinterher und blicke erstaunlicherweise in ein entspanntes Gesicht.

»Natürlich werden wir«, sagt er völlig selbstverständlich, »drei sogar!« Ich spüre, wie die Farbe aus meinem Gesicht zu weichen beginnt.

»Drei? Nicht dein Ernst«, gebe ich schockiert zurück bevor sich sein Mund zu einem breiten Grinsen verzieht und ich ihn mit einem Stück Gurke aus meinem Sandwich bewerfe.

Nach dem Essen legen wir uns ins Gras. Ben liegt auf dem Rücken und beobachtet die Wolken während ich auf dem Bauch liege, Grashalme mit meinen Fingern zerpflücke und verträumt in seine Augen schaue. Ein Marienkäfer leistet uns Gesellschaft und landet auf Bens Bauch. Ich nehme ihn auf meinen Finger und halte diesen in die Luft. Er fliegt davon. Vielleicht dem Nächsten auf den Bauch, der sich hier sonnt.

»Dir ist schon klar, dass wir mehr hier rumliegen als Tretboot zu fahren, oder?« Ich nicke lachend und stehe mühsam auf, strecke ihm meine Hände entgegen und helfe ihm hoch.

»Ich denke, fürs Erste bin ich genug Tretboot gefahren«, sage ich und rümpfe meine Nase.

»Ich hätte nie gedacht, dass es so anstrengend ist!« Ben wirft den Kopf nach hinten und lacht. Den Rückweg über tue ich meist nur so als würde ich angestrengt treten, doch habe ich absolut keine Power mehr. Gott, bin ich armselig.

Völlig erschöpft lasse ich mich in den heißen Sitz fallen und setze mich von einer Pobacke auf die andere, um keine von beiden zu verbrennen.

»Was machen wir jetzt?«, frage ich neugierig, um mich ein wenig abzulenken. Die Abendluft wird hoffentlich bald die heiße Sommerbrise ablösen. »Hast du Lust auf ein Eis?« Ungläubig sehe ich ihn an.

»Gab es jemals einen Tag, an dem ich ein Eis ausgeschlagen hätte?« Er grinst. Ich liebe dieses Grinsen, ein warmer Schauer überfährt meinen Körper.

Stundenlang schlendern wir die Promenade entlang, erzählen über Gott und die Welt und beobachten, wie der Sonne letzte Strahlen durch die Wolken ziehen und schließlich durch den sternenklaren Nachthimmel abgelöst werden.

Ben sieht auf die Uhr und scheint fast zu erschrecken. »Was ist denn?«, frage ich und fasse seinen Arm. Er nimmt meine Hand und zieht mich hinter sich her. „Ben!", rufe ich eine Erklärung fordernd.

»Wenn wir uns beeilen, schaffen wir es noch!«, gibt er zurück als würden sich all meine Fragen dadurch in Luft auflösen.

»Und was bitte schaffen wir noch?«

»Lass dich überraschen, Annie!« Ich kann ihn zwar nicht sehen, dennoch weiß ich genau, dass er schmunzelt und ich sterbe vor Neugierde.

Die ganze Fahrt über lässt er sich nicht in die Karten schauen, was mich halb wahnsinnig macht. Umso aufgeregter bin ich, als sich der Wagen verlangsamt und das Ziel vor uns aufzutauchen scheint.

»Nein«, bringe ich nur begeistert hervor und sauge den Anblick in mich hinein.

»Doch«, gibt Ben überzeugt zurück und ich schlage die Hand vor meinen Mund.

»Ich habe noch nie…«

»Ob du's glaubst oder nicht, das habe ich mir schon gedacht«, kneift er ein Auge zusammen und ein Kribbeln macht sich in meiner Magengegend breit.

»Popcorn?« Er grinst über beide Ohren in Anbetracht seines Triumphs. Ich nicke nur und sehe mich weiter um, während Ben bezahlt und alles Weitere klärt. An die dreißig Autos müssen hier stehen, nebeneinander, alle auf die Leinwand vor ihnen ausgerichtet. Ben sucht einen Platz in der Mitte. Ich kann es kaum glauben. Ich hatte schon oft davon in der Zeitung gelesen, doch so wirklich etwas darunter vorstellen konnte ich mir nie.

Und nun sitzen wir hier und warten darauf, dass der Film beginnt.

Ben dreht am Radioschalter herum und sucht den richtigen Sender, da der Vorspann bereits begonnen hat und wir nichts hören konnten. Ein Rauschen später ertönt die Filmmusik in unserem Wagen. Faszinierend. Wie gebannt sehe ich auf die große Leinwand und folge den Buchstaben, die mir den Titel des Filmes verraten, Guardians of the Galaxy. Sicher ist das Bild nicht so gestochen scharf wie im Kino und der Ton bei weitem nicht so klar, aber dennoch ist es eine berauschende Erfahrung, hier mit Ben im Auto zu sitzen, Popcorn zu futtern und diesen Film zu sehen. Eine der vielen Premieren, die ich mit Ben bereits erleben durfte. Schmachtend sehe ich zu ihm herüber, betrachte sein markantes Gesicht, den Dreitagebart, den ich so liebe und sehe in seine wunderbaren Augen, als er mich verwegen anschaut. »Was ist?«, fragt er neugierig und ich kann nicht anders als ihm im Nacken zu mir zu ziehen und zu küssen. »Ich liebe dich, weißt du das?« Er nickt und küsst mich zurück, legt seine Hand an meine Wange und zieht mich fester an sich. »Ich liebe dich auch, Annie! Und jetzt lass uns den Film ansehen. Er soll ziemlich gut sein«, weist er mich an und drückt mich an seinen Oberkörper, dorthin, wo ich mich sicher und geborgen fühle. Dorthin, wo ich zu Hause bin.

In der Tat habe ich schon lange nicht mehr so viel gelacht wie bei diesem Film. Es war einfach perfekt und etwas wehmütig drehe ich mich noch einmal um, versuche mir alles einzuprägen.

»Schatz, wir können gerne öfter herkommen, wenn du möchtest«, redet Ben mir gut zu und ich fühle mich sofort erleichtert, nehme seine Hand und schaue ihn mit großen Augen und breitem Grinsen an. Er schüttelt den Kopf.

»Auf keinen Fall morgen, Annie! Eine Woche wirst du es jawohl aushalten!« Ich ziehe einen Schmollmund und lasse mich zurück in den Sitz fallen. Eine Woche werde ich gerade so überleben.

Es ist bereits stockfinster als wir die Wohnung erreichen. Da meine Augen mich in der Dunkelheit gerne mal in die Irre führen, warte ich, bis Ben mir die Autotür öffnet und mich an der Hand zur Eingangstür führt.

»Ich danke dir«, sage ich lächelnd und blicke ihn an.

»Wofür?«, fragt er zurück.

»Dafür, dass du so ein wunderbarer Mensch bist und das alles mit mir machst. Es war ein wunderschöner Tag!«

»Jeder Tag ist wunderschön, wenn ich mit dir zusammen sein kann, Annie!«, gibt er zurück und ich spüre die Röte auf meinen Wangen.

Noch eine Weile setzen wir uns auf die Treppe und beobachten den Sternenhimmel, träumen uns in unsere Zukunft und erzählen von Kindernamen und anderen Hirngespinsten. Ach, könnte jede Nacht so ewig dauern und uns verzaubern, bis der Morgen kommt. Die ersten Sonnenstrahlen durchziehen bereits den Himmel als wir beschließen, endlich ins Bett zu gehen. Diesen Tag werde ich sicher nicht so schnell vergessen.

Ich hoffe, dass noch viele weitere folgen, denn ich habe Semesterferien. Und es ist Sommerzeit.

Nachwort

Ob »Sommertraum« oder »Campinglust«, »Die Künstlerin und der Spielzeugmacher« oder »Das Sommercamp«. Wir hoffen, dass euch unsere Anthologie gefallen hat und ein Stück weit in Sommerlaune versetzen konnte, auch wenn das Wetter euch manchmal keine Schweißperlen auf die Stirn getrieben hat. Wir danken allen, die dieses Buch gekauft und somit einen kleinen Beitrag zu den Herzenswünschen schwerkranker Kinder geleistet haben.

Im Anschluss findet ihr eine kleine Übersicht der Autoren, die an diesem Werk mitgearbeitet haben.

Reinhard Kratzl

Reinhard Kratzl wurde 1969 in der Steiermark geboren und zog nach dem Schulabschluss nach Wien, weil der Arbeitsmarkt dort größere Chancen bot. Ständig auf der Suche nach einem Beruf, der seine Leidenschaft erfüllte, entdeckte er 2008 das Schreiben und stellte fest, dass dies der richtige, erfüllende Beruf für ihn wäre.

Zu Beginn schrieb er Kurzgeschichten und Gedichte, die er im Internet veröffentlichte und die von den Lesern begeistert aufgenommen wurden. Spontan entschied er sich, ein Buch zu schreiben und sein erster Mystery-Roman entstand.

Bereits veröffentlichte Werke:
Neekotar – Der Weg in eine andere Welt
Every Year – Jeremias Spukhaus
Asteroid Omega 1 – Infektion aus dem Weltraum
Sieben Wichtige Antworten – Die Ihr Leben positiv verändern könnten!
Einbahn durch die Zeit – Es gibt nur einen Weg zurück
Visionen – Rettung in letzter Sekunde

Skye Winter
„Wer bin ich? Ich wandle und wandle mich." - Rilke
Skye Winter wurde am 22. März 1995 in Aschaffenburg (Deutschland) geboren und lebt derzeit in Heidelberg. Sie hat schon immer gern geschrieben und mit dreizehn Jahren dann ihren ersten Roman mit dem Titel »Glaubenssache – verbannt« begonnen, den die heute Zwanzigjährige nach unzähligen Überarbeitungen nun als Selfpublisherin veröffentlicht hat.
Skye ist überzeugte (aber nicht bekehrende!) Vegetarierin, was sich auch in ihrem Debütroman wiederfinden lässt. Sie sammelt besondere Worte, wie zum Beispiel Petrichor (beschreibt den Geruch von nasser Erde nach dem Regen) und liebt Zitate (siehe oben). Sie hat utopische Zukunftsvorstellungen und sie wäre gern ein Einhorn.

Nessa Maral

Nessa Maral wurde 1996 im oberschwäbischen Bad Saulgau geboren. Bereits während ihrer Schulzeit begann Nessa Maral ihre Gedanken auf Papier zu bringen. Seit 2009 veröffentlicht die heute 20-jährige Fanfictions in Deutsch und Englisch auf den Seiten Fanfiktion.de, myfanfiction.net sowie fanfiction.net mit großem Erfolg. Bücher sind ihre Leidenschaft, weshalb Nessa Maral im Jahr 2015 eine Ausbildung zur Buchhändlerin begann. Nachdem Nessa im August 2015 ihr humorvolles Debüt in Form einer transgender Novelle mit dem Titel »Ben und Lotta – Gegenteile ziehen sich aus« fierte, tobt sie sich mit ihrem neuen Werk, »Snow – Tote sind doch zum Beschwören da«, im Fantasy Bereich aus.

Bereits veröffentlichte Werke:
Ben und Lotta – Gegenteile ziehen sich aus
Snow – Tote sind doch zum Beschwören da

Ulrike Allert
»Bücher sind die Möglichkeit, die Seele auf eine Reise zu schicken.« Ulrike Allerts Leidenschaft für Bücher entstand bereits im Kindergartenalter und zog sich bis heute wie ein beständiger roter Faden durch ihr Leben. Im Schulalter schrieb sie bereits Gedichte und kurze Geschichten. Durch ihre Liebe zum Lesen entwickelte sich auch die Liebe zum Schreiben. Mit ihrem Debütroman »Wohin der Weg uns führt« erfüllte sie sich einen lang ersehnten Traum, den sie vor kurzem mit der Veröffentlichung ihres neuen Buches »Dein Herz und meine Seele« fortführte. Ulrike ist 29 Jahre jung, verheiratet und wohnt mit ihrem Mann und ihren zwei Töchtern im niedersächsischen Sittensen. Ihr großer Traum ist es, ihr Hobby einmal zum Beruf zu machen und sich vollends der Schreiberei hingeben zu können.

Bereits veröffentlichte Werke:
Kugelzeit – Ein Schwangerschaftsratgeber
Wohin der Weg uns führt
Dein Herz und meine Seele

Antonia C. Wesseling
Antonia C. Wesseling, 1999 in Duisburg geboren, ist in allen Genres zu Hause.
Mit »Die Schablone- Ein stiller Thriller« erschien 2015 ihr erster Roman innerhalb des Projekts Fantasygirls, weitere werden folgen. Antonia ist zudem begeisterte Leserin und auf Youtube als Rezensentin aktiv.

Bereits veröffentlichte Werke:
Die Schablone- Ein stiller Thriller
Die Nachtsänger

Lissianna Karges
Ich schreibe unter meinem Pseudonym Lissianna Karges. Geboren wurde ich 1992 in einem kleinen Dorf im Hochwald und entdeckte schon in meiner Kindheit die Liebe zum Schreiben. Angefangen mit Gedichten für Geburtstagsfeiern und Kurzgeschichten entwickelte sich diese Leidenschaft weiter. Nach einer abgeschlossenen Ausbildung und dem Nachholen meines Fachabiturs veröffentlichte ich mein erstes Buch. In »Ich bin dein Ende« dreht sich alles um Vampire und die große Liebe. Mittlerweile lebe ich, mit Freund und obligatorischer Autorenkatze, im schönen Trier und schreibe in meiner Freizeit. Neben Romanen im Genre Romantasy schreibe ich auch Liebesromane, Fantasy, Kurzgeschichten, sowie RomanticThrill Bücher.
Wenn ich gerade nicht an meinem nächsten Werk arbeite, lese ich gerne oder schreibe Beiträge für meinen Buchblog »Lissianna schreibt«.

Bereits veröffentlichte Werke:
Ich bin dein Ende

Nele Růzička

Nele Růzička ist das Pseudonym einer 17-jährigen Jungautorin aus Unterfranken. Die in der Anthologie zu finden Kurzgeschichte »Die Tradition« wurde exklusiv für diese geschrieben. Nele Růzička weist noch keine Veröffentlichungen vor, plant aber zukünftig weitere Kurzgeschichten zu veröffentlichen und an größeren Werken zu arbeiten.